Grégory Nicolas

Grégory Nicolas est né en Bretagne en 1984. Après avoir obtenu un 16,5/20 en rédaction sur le thème « Raconte un moment heureux de tes vacances » en CM2, il se destine tout naturellement à la carrière d'écrivain. Une quinzaine d'années plus tard, Rue des Promenades publie son premier roman, *Là où leurs mains se tiennent*. Suivront *La Part de l'orage*, *Mathilde est revenue*, *Des histoires pour cent ans* chez le même éditeur et *Équipiers* chez Hugo Sport. *Les Fils du pêcheur* a paru en 2021 aux Escales. Il est également l'auteur de la série *Papi est un super menteur* qui a paru chez Pocket Jeunesse. Grégory Nicolas a été marchand de « canons » chez un caviste de Rennes et instituteur dans différentes écoles parisiennes. Il se consacre désormais à l'écriture.

LES FILS DU PÊCHEUR

ÉGALEMENT CHEZ POCKET

DES HISTOIRES POUR CENT ANS

LES FILS DU PÊCHEUR

GRÉGORY NICOLAS

LES FILS DU PÊCHEUR

LES ESCALES
DOMAINE FRANÇAIS

MIXTE
Papier issu de
sources responsables
FSC® C003309

L'éditeur de cet ouvrage s'engage dans une démarche
de certification FSC® qui contribue à la préservation
des forêts pour les générations futures.

Pour en savoir plus :
www.editis.com/engagement-rse/

ISBN : 978-2-266-32083-2
Dépôt légal : mai 2022

À Béatrice, ma promesse.

Pour Marcel et Apolline,
vous pouvez faire du bruit maintenant.

Aux pêcheurs et à ceux qui les attendent.

« Prenez un garçon – vingt-cinq ans, trente ans –, n'importe lequel. Neuf fois sur dix, il va vous dire avec des larmes que son père était une merveille, le plus beau sujet de roman-photo qu'on ait jamais vu. Neuf fois sur dix. Et encore, la dixième, il faut vraiment que le vieux ait massacré le restant de la famille à coups de hache, ou quelque chose, sinon vous n'y coupez pas. »

Sébastien Japrisot, *L'Été meurtrier*

Le Roman d'*Ar c'hwil*

Je ne sais pas pourquoi il a décidé de l'appeler *Ar c'hwil.* Je ne le lui ai jamais demandé. On prononce « arwil ». Si on veut avoir l'accent, il faut appuyer sur le « il ». Ça signifie quelque chose comme « coquin » ou « sacré numéro ». « Ah lui, c'est un *c'hwil* ! », qu'on dit d'un enfant, et celui d'en face comprend tout de suite à quel genre de gamin on a affaire. Pas besoin de parler couramment breton pour ça.

Quand on lui demandait s'il parlait breton, notre père répondait : « Oh, je baragouine quatre ou cinq mots, pas plus. » C'était vrai. Il disait *pesked* pour parler du poisson, *penn kalet* pour les têtus, *torr-penn* pour les emmerdeurs, *vri ton* pour ceux avec un nez en trompette et *da gousket* pour nous ordonner d'aller au lit. Il disait aussi *kenavo* quand il partait, mais ça, ça ne compte pas. Tout le monde utilise *kenavo*, même les touristes, même les Parisiens, même moi. C'est tout pour le lexique.

Le breton était pourtant la langue maternelle de ses parents mais ils ne le lui ont pas transmis. Il paraît que quand ils s'engueulaient en breton c'était mauvais signe, il valait mieux rester dans sa chambre sans broncher et attendre que ça se calme.

Notre grand-père était gendarme. À son retour d'Algérie, il menait ses enquêtes de voisinage en breton plutôt qu'en français pour amadouer les gens du coin. Ça les rassurait. On a retrouvé un de ses carnets à l'intérieur d'une sacoche en cuir qui sentait l'humidité. Il y avait noté d'une écriture que je trouve élégante, quoiqu'un peu penchée, à propos d'un homme : « individu à surveiller, tendance à l'intempérance en auto », et à propos d'un autre : « ancien combattant, vagabond ».

La vie de notre père a été bouleversée un 4 février, notez bien. C'est un jour qui a tout changé.

Je vois sa main. Elle est celle d'un homme encore jeune. Elle caresse la coque d'*Ar c'hwil* qui n'a jamais vu la mer. *Ar c'hwil* est calé sur des linteaux. *Ar c'hwil* est tout de chêne et d'acier. C'est la dernière vérification. Bientôt, une grue soulèvera les grosses sangles noires qui l'entourent et le placera sur le camion du convoi exceptionnel qui le mènera au port. Là-bas, une autre grue le prendra, le soulèvera comme de rien. Elle pivotera sur elle-même. Elle allongera son bras. Elle fera descendre le câble de métal, et, tout doucement, elle le déposera.

Ar c'hwil touchera l'eau. Le sel de la mer viendra se frotter à la peinture toute neuve. Avant de gonfler, le bois se contractera une seconde comme le corps fait au moment du premier bain des vacances d'été, quand on n'est pas encore habitué à la froidure de l'eau. À la salinité de l'écume.

Le téléphone sonne. Le patron du petit chantier naval vient trouver celui qui caresse la coque d'*Ar c'hwil*. Il a les yeux pleins de fierté et de la joie partout dans le corps, devant le chêne et l'acier. Le patron du petit chantier naval le prévient que c'est pour lui, l'invite à prendre la communication dans le bureau, ce qu'il fait. Les fils du combiné orange ou bien beige sont emberlificotés. C'est sa femme qui parle, elle s'appelle Marie-Lou. Lui, c'est Jean. Dans la voix de Marie-Lou, il y a de la peur, de l'angoisse et de l'exaltation. Elle dit qu'elle part pour la clinique, elle a appelé ses parents, ils vont l'emmener. Elle dit à Jean, celui qui caressait la coque d'*Ar c'hwil*, son mari, mon futur père et celui de mes deux frères, qu'il doit la rejoindre là-bas tout de suite. Elle a perdu les eaux.

« J'arrive, bredouille-t-il.

— Oui, eh bien grouille tes fesses ! »

Il raccroche, attend quelques secondes, perdu. C'est-à-dire qu'il a l'esprit vague et le cœur ardent. Il pense : *c'est aujourd'hui*. Et il sourit.

Il annonce au patron du petit chantier naval qu'il s'en va. La mise à l'eau sera pour plus tard, on n'est plus à deux jours près. *Ar c'hwil* attendra.

« Et mon convoi alors ?

— Mais on s'en fout de ton convoi ! » il répond, sans mépris mais fort, car il est déjà loin et le dos tourné.

Je faisais pas loin de quatre kilos à la naissance et cinquante-quatre centimètres quand *Ar c'hwil* mesurait dix mètres trente de long, trois mètres quatre-vingt-huit de large, pour une jauge brute de près de dix tonnes. J'étais un gros bébé. *Ar c'hwil* était un petit bateau.

Gamin, je voyais *Ar c'hwil* comme une sorte de grand frère à qui j'aurais volé le jour de la naissance. Tant pis pour lui. Notre père a passé bien plus de temps avec *Ar c'hwil* qu'avec mes frères ou moi, même si nous avons toujours été sa priorité. Le mythe du marin qui sacrifie tout, c'est des conneries, en tout cas chez nous.

Mon père était là pour chacun de mes anniversaires, et cela quitte à y perdre son quota de Saint-Jacques, parce que, pas de chance pour les sous, je suis né en hiver. Sauf une fois, c'est vrai, pour mes dix ans, le 4 février 1994, il était absent. Mais il n'était pas en mer. Il participait à une manifestation de pêcheurs à Rennes.

Ça avait chauffé dur. Il y avait partout dans la ville des marins en perfecto, d'autres en jogging bariolé, certains en jean bleu pâle. Beaucoup de ces hommes portaient la nuque longue. Les CRS, eux, avaient le cheveu plus ras, bien qu'il fût difficile de le deviner sous leur casque. Ils avaient les mains gantées de cuir. Il y avait partout dans la ville des grenades lacrymogènes, des barres à mine, des fusées de détresse, des matraques et des manches de pioche. Il y avait partout dans la ville des yeux qui pleuraient et des peaux qui saignaient.

À la fin, le parlement de Bretagne s'était transformé en un gigantesque brasier. Sur le toit du bâtiment, la Justice, la Loi, la Force et l'Éloquence, sculptures allégoriques qu'on avait recouvertes de feuilles d'or pour impressionner le peuple, fondirent en un rien de temps.

Pêcheurs et flics étaient rentrés chez eux dans la nuit en pensant que ça avait été une drôle d'histoire, qu'ils en causeraient longtemps.

Notre père, lui, n'en parlait pas.

En dehors de cet anniversaire-là, notre père n'en a jamais manqué un, ni un Noël ou un de mes matchs de foot, le samedi après-midi. Il se tenait debout, sur la ligne de touche, pas loin de l'entraîneur, et il ne pouvait s'empêcher de lui donner des conseils, de gueuler pour que je me replace, ou d'affirmer que les autres gamins étaient nuls. J'aurais préféré qu'il fasse la pêche ces jours-là.

Il était là aussi pour les anniversaires de mes petits frères, pour les pièces de théâtre de Clément dans la salle des fêtes de la commune, à la fin juin, même s'il surjouait comme pas possible, ou les passages de galop de Julien le samedi matin, avant le foot et ses commentaires qui me faisaient honte. C'est notre père qui a relevé Julien du sable siliceux, au bas de la lettre de dressage H, après qu'il a été mis à terre par un hongre indocile et que son bras droit s'est brisé dans la chute. Qu'est-ce qu'il a pu nous prendre la tête avec son bras, Julien ! On y a eu droit toute son adolescence. Comme quoi il fallait « faire attention à son bras qui était cassé », comme quoi il était « tombé de cheval », comme quoi il ne remonterait « plus jamais sur un bourrin ».

Un soir, nous étions déjà tous des hommes et réunis à la maison, Julien est arrivé avec Jérémy et il a dit, en se tenant bien droit, la voix tremblante au début, et pleine d'aplomb à la fin : « Je vous présente Jérémy, c'est mon copain. Je l'aime et c'est comme ça. » Notre mère était dans la confidence. Elle a regardé notre père. Elle guettait sa réaction sans la craindre car elle savait que jamais il n'aurait pu se fâcher avec un de ses enfants. Après quelques secondes, notre père a dit : « Est-ce qu'il boit du Ricard au moins, le Jérémy ? » Jérémy n'en buvait pas mais il a fait un effort pour l'occasion, et à chaque fois ensuite pour ne pas se dédire. C'est devenu une blague entre nous.

Du jour où il a décidé de fonder une famille, notre père s'est refusé à repartir à la « grande pêche », celle qui lui faisait quitter la terre pendant des jours, pendant des semaines, pendant des mois. Car, même s'il aimait la mer d'un amour si fort que je ne saurais trouver les justes mots pour le dire, il voulait nous voir grandir, être là pour nous aider à souffler les bougies, nous apprendre à faire nos lacets, nous engueuler pour les mauvaises notes, nous taquiner avec notre mère, être le témoin de nos bonheurs et consoler nos peines. Il voulait des choses simples et petites, celles qui font une vie pleine et heureuse. Pour ça, il a réussi je crois. Mais je ne voudrais pas parler à sa place.

C'est pour cette raison qu'il avait fait construire *Ar c'hwil*, son « p'tit canot ». Ce n'était pas vraiment un canot puisque notre père avait doté *Ar c'hwil* d'un pont, mais il l'appelait toujours comme ça. Son p'tit canot. C'était affectueux. Il en était fou. Et nous aussi.

Certains enfants ont une fascination pour les dragons, pour les lions, pour les dauphins ou pour les cyclistes, mais mes frères et moi, c'était pour *Ar c'hwil*, ce coquillier blanc et bleu. Je le revois à quai, quand nous nous rendions au port avec ma mère et mes frères.

Mon père et Tristan, son matelot, débarquaient à nos pieds d'immenses filets jaunes pleins de coquillages ou des caisses en plastique remplies ras la gueule de poissons. Nous essayions de les soulever mais c'était impossible. Il y a une fois tout de même, je m'en souviens, on a réussi à décoller une caisse du sol de quelques centimètres en la prenant à deux avec Julien. Ça devait être avant que son bras droit fût cassé. Aucune chance qu'il ait tenté l'expérience après.

Comme tous les petits garçons nous étions impressionnés par la force de notre père. Mais surtout, nous étions éblouis par tout ce qu'*Ar c'hwil* pouvait trimballer dans son ventre, alors que nous l'admirions faisant route vers nous et nos corps impatients, en se dandinant un coup à gauche, un coup à droite, le cul poussé par les flots.

Notre père nous disait, toutes les fois où nous nous baladions sur le pont d'*Ar c'hwil* : « Les petits, touchez à rien ! » Sûr qu'on ne touchait à rien, à part à la barre avec laquelle nous jouions comme font les enfants des Terriens quand ils s'amusent à tourner les volants des voitures. Quand je l'avais en main, je me sentais un aventurier. Julien attendait son tour en faisant mine de remonter un poisson énorme. Clément, je ne me souviens plus de ce qu'il faisait.

Nous n'assistions pas souvent au retour de pêche car nous habitions à quarante-cinq minutes du port, dans une maison en pleine campagne. Il y avait, au bout du jardin, un bosquet, un hectare à tout casser, qui appartenait à mes parents. Ils avaient fait un emprunt plus important pour l'acheter en même temps que le terrain et les parpaings. Notre père pensait qu'avec le bois il ferait des économies de chauffage, mais il regorgeait surtout de bouleaux qui brûlaient en pure perte et enfumaient tout. Le notaire s'était bien gardé de le lui dire. Les quelques hêtres, notre père ne les a jamais abattus au prétexte qu'il les trouvait beaux. Sacré homme d'affaires.

Avant le bosquet, sur la gauche en venant de la maison, on trouvait un vieux lavoir cerclé d'herbes hautes dans lequel on avait mis des truites arc-en-ciel achetées à la pisciculture d'à côté. Elles ont fini par être grosses comme des saumons à force de gober les coquillettes que leur balançait Clément après les avoir chipées dans le frigo et cachées sous son pull. Et ses tee-shirts qu'il tachait parce qu'il est maladroit comme tout, eh bien, ils sentaient le beurre cuit à cause de ça.

Un agriculteur avait demandé à notre père s'il pouvait continuer de venir au lavoir remplir sa tonne à eau pour abreuver ensuite ses vaches, comme il l'avait toujours fait. Notre père avait répondu : « Bah, encore heureux ! » Pour être bien certain de ne pas aspirer les truites, le paysan, qui s'appelait Mercier, avait fixé un petit morceau de filet à fraises au bout de son tuyau. Mercier avait constamment une énorme roulée éteinte au coin de la bouche. Quand Clément le voyait passer devant la maison au volant de son tracteur Fendt vert impérial, il se précipitait dehors et hurlait de toutes ses forces à son endroit : « Hey, salut Mercier ! » Il levait haut la main pour lui faire coucou, et Mercier lui répondait de la même manière. Ça lui faisait sa journée. Il n'y a plus de truites aujourd'hui dans le lavoir, la faute aux hérons et au temps qui passe et qui change tout.

Pour justifier le fait d'habiter si loin du port, notre père avait toujours la même réponse, il disait : « Mon vieux a passé toute sa vie en caserne, ça ne vaut rien de bon de vivre sur son lieu de travail. » Il préférait se cogner son heure trente de route tous les jours mais être assuré de ne pas voir de goélands, de ne pas entendre le ressac ou les chariots élévateurs de la criée, et de ne pas croiser de collègues. Je crois aussi que ça lui permettait de trouver la mer toujours aussi belle à chaque fois qu'il la redécouvrait, et que ça arrangeait notre mère d'habiter près de chez ses parents dont elle ne voulait plus s'éloigner. Car, après être revenue de Paris où elle était partie « vivre sa jeunesse », comme elle disait, elle avait recousu le cordon coupé avec son père et sa mère. Et avec du fil solide, du 50/100e au moins, ça ne risquait plus de casser.

Nous étions sur un trottoir de la rue Marbeuf à Paris, quand j'ai vu « Maman » s'afficher sur mon téléphone. J'ai pensé qu'elle était impatiente. J'ai dit à Mathilde, ma femme, que c'était ma mère, elle a fait : « On l'a pourtant prévenue que c'est nous qui l'appellerions. » J'ai haussé les épaules. J'ai souri car j'étais content qu'elle appelle, et Mathilde, encore euphorique depuis les mots du docteur dix minutes avant, a ajouté en souriant elle aussi : « Vas-y, décroche, annonce-lui que c'est une fille ! Elle va être hypercontente ! Dis-lui aussi pour le prénom. J'espère qu'on aura moins de remarques que pour Marcel… » C'est peu dire que le choix du prénom de notre petit garçon n'avait pas fait l'unanimité.

J'ai fait glisser mon doigt sur le téléphone. J'ai dit : « Allô, M'man ? » Ma mère pleurait. Je l'ai entendu tout de suite. Elle a dit d'un coup, comme ça, cette phrase qui a fait boiter mon cœur : « *Ar c'hwil* a sombré. »

J'ai répondu de façon stupide, comme si je l'avais préparé, comme si j'attendais ce coup de téléphone depuis le début de ma vie d'homme : « Corps et biens ? » Ma mère a dit, avec pudeur et dignité, je crois, mais je n'en suis pas sûr car tout est un peu flou, et je me demande parfois si j'ai vécu ce moment ou bien si je l'ai rêvé, elle a dit, ces mots-là, j'en suis sûr : « Oui, corps et biens. » Mon père était mort. Voilà.

Des gens m'ont vu tomber dans les bras de ma femme. Mon Marcel me tenait la main. Il la serrait fort comme il fait toujours. Il nous regardait sans comprendre.

Mon père ne saurait jamais le prénom de Louise. Il ne nous dirait jamais ce qu'il pensait de ce choix. Il aurait sûrement approuvé, ce n'était pas le genre à chercher des complications, même pour Marcel, il n'avait rien trouvé à redire. J'ai pensé qu'il laissait ma mère toute seule. Et mes frères, comme moi, dans le chagrin. J'ai pensé que Jérémy n'aurait plus à boire de Ricard.

Par la mer

Pour comprendre les liens que nous avons tissés avec ce coquillier blanc et bleu – celui qui trimballait des charges si grandes sur son pont, le p'tit canot de notre père qui me donnait le sentiment d'être mon grand frère alors que le seul vrai grand frère de la famille c'est moi –, pour bien comprendre ça, il faut revenir en arrière et écrire pour quelques pages la *grande* histoire de notre père. Elle est grande seulement d'être la sienne et parce que c'est là que ça commence pour *Ar c'hwil* et pour nous. Tout à l'ouest.

Sa grande histoire, c'était son service militaire qu'il avait effectué à Brest, à l'arsenal, au milieu des bateaux géants. *Ar c'hwil* aurait eu l'air tout petit face à eux, comme un sapin de Noël paumé au milieu des immenses forêts du Jura suisse que j'aime tant. Je les ai découvertes grâce à Julien et Jérémy.

Ils travaillent depuis quelques années à la Chaux-de-Fonds, une ville horlogère. Julien a toujours été passionné par les montres automatiques, les petits ressorts, les tourbillons et les masses miniatures qui, assemblés ensemble, se mettent à donner l'heure, et la bonne, sans jamais s'arrêter, pourvu que les mouvements du poignet leur apportent assez d'énergie pour continuer de bouger. Ça le fascinait. Pour ses dix-huit ans, les parents lui ont offert la montre que porte Steve McQueen dans le film *Le Mans*. Julien avait l'affiche dans sa chambre. Elle y est encore. Les coins sont devenus ronds à force d'être punaisés. Steve McQueen y ajuste la jugulaire de son casque, il a le bas du visage dissimulé par un foulard blanc, on ne voit que ses yeux, et la montre, une Heuer, la « Monaco » calibre 11.

Julien préférait que nos parents lui paient cette montre plutôt qu'ils lui financent le permis de conduire et la voiture d'occasion qui va avec comme ils l'avaient fait pour moi et comme ils le feraient pour Clément. Total, j'ai passé des années à jouer le taxi pour Julien et sa montre de luxe. Et Clément, pourtant cinq ans plus jeune, a pris le relais jusqu'à ce que Julien, sur les conseils de Jérémy, se décide enfin à passer le permis.

La montre c'était juste après une dispute à table, un peu avant les bougies. Julien, qui est né treize mois après moi, avait dit qu'il n'était pas un enfant désiré. Il était un « retour de couches ». Un accident. Il avait accusé les parents de tout et de rien. Notre mère, sans hausser la voix, l'avait calmé en disant que c'était vrai, il était « un accident », « un retour de couches ». Elle n'avait pas prévu de tomber enceinte alors que je n'avais que quatre mois. Mais notre père et elle avaient désiré Julien, et il n'avait pas le droit de dire le contraire. La meilleure preuve de ce désir était sa présence en ce moment à table, alors ses grands discours et ses

reproches sur le manque d'amour familial il pouvait se les garder, on en reparlerait quand il aurait des enfants.

Julien était redescendu comme un soufflé, il avait demandé pardon et avait embrassé les parents. Fin de la crise d'adolescence. Dix minutes. Ça n'avait pas été trop long.

Notre père a donc fait son service militaire à Brest, dans la marine, « La Royale, tu veux dire ! Et j'avais devancé l'appel mon petit bonhomme ! ». Je l'imagine qui me regarde frapper les touches du clavier de l'ordinateur, et il me reprend, quel emmerdeur. « *Torrpenn* », il aurait dit.

Il est tout près de moi, avec ses cheveux ébouriffés, toujours pleins de sel et de sable, son joli nez aquilin, le petit anneau d'or qu'il s'était mis à l'oreille gauche après sa première campagne pour faire comme tous les marins. Il ne l'a jamais enlevé, sauf une fois pour une radio pulmonaire sur laquelle on ne lui a rien trouvé malgré ses quarante clopes par jour, et ses dix minutes de toux à chaque réveil. « Les poumons de Jacques Mayol, la trace du slip de bain en moins, que j'ai ! »

Il doit être content que je parle de son bateau et que je me lance dans l'écriture d'un livre. Même s'il ne loupait jamais mes sketches écrits pour des humoristes et diffusés à la télé et à la radio, un livre, c'est tout de même autre chose. Il y allait toujours de son commentaire après chaque émission, en m'envoyant un petit message pour dire que je l'avais bien fait marrer. Si ça ne riait pas en studio ou sur le plateau, il mettait ça sur le compte de l'interprète, jamais de mon texte. Il n'y a qu'une fois où il m'a demandé d'y aller mollo après une vanne sur Chirac et Alzheimer. Il a toujours adoré Chirac. Alors moi, j'ai arrêté d'écrire sur lui. Je ne voulais pas le décevoir.

Notre père souhaitait voir la mer. Il pensait que l'armée lui en donnerait l'occasion. Notre grand-père était copain avec un amiral et, pour son fils, il a rompu avec ses principes : il a demandé un petit coup de pouce à son ami. Seulement, ça n'a pas plu au chef de notre grand-père qu'un gendarme demande une faveur à un autre militaire. Il a mis son nez dans le dossier de notre père et dans son affectation au sein de la marine. Notre père, qui rêvait d'être embarqué sur la *Jeanne d'Arc*, qui se voyait monter à bord sac de toile sur l'épaule et pompon rouge sur la tête, a passé dix mois sur les quais à démonter des moteurs diesels. Il a eu davantage les mains dans le cambouis que les pieds dans l'eau. C'était un matelot des villes.

Mais ça lui a donné le goût des vagues et du vent tout de même, bien plus fort que ce qu'il aurait pu imaginer. Il a été pris par la mer, sans qu'il y puisse rien. Il est tombé en amour pour elle. Ça ne l'a plus jamais lâché. « J'étais baisé », il disait.

Quand il est revenu de Brest, après le régiment, il a annoncé à ses parents qu'il se faisait marin-pêcheur. Il retournerait à l'école pour ça, ne s'arrêterait pas avant d'avoir obtenu son capacitaire. Et il a pris une grande claque de la part de son père ! La première, et la seule, de toute sa vie. Non pas parce que le vieux s'opposait à ce choix, mais parce qu'il venait de s'apercevoir que son fils avait trois points tatoués sur le haut de la main, entre le pouce et l'index, le fameux « mort aux vaches ».

Un copain aussi soûl que notre père les lui avait incrustés à l'aiguille chaude et à l'encre de Chine frelatée à cinq heures du matin pendant leur bordée de quille. Comment pouvait-on arriver comme ça, avec un « mort aux vaches » sur la main, dans la maison d'un gendarme, son propre père ? Fallait pas être malin.

Je pense qu'il s'est réveillé le matin, la tête dans le gaz. Il a vu le tatouage, il s'est dit *merde*, et il a tenté le coup quand même en allant chez ses parents l'air de rien, en espérant que ça passe.

Il a fini par le faire recouvrir quelques années plus tard, j'étais encore tout petit, si bien que je n'en ai aucun souvenir, mais je connais l'histoire de la claque pour l'avoir entendue des dizaines de fois. Le tatoueur, qui ne sortait pas des Beaux-Arts, a relié les trois points pour en faire un *triskèle* pas terrible. Et, comme il était lancé, notre père s'est fait tatouer le haut du bras : une sirène prise dans un bout. Quel cliché ! Il avait demandé un noir profond pour la sirène mais je l'ai toujours connue bleue. On la voyait de moins en moins au fil du temps et presque plus les dernières années, cachée par les taches de rousseur du soleil, estompée par la faute de la mauvaise encre.

Avec sa boucle d'oreilles, ça lui donnait des airs de dur, et il en jouait, alors qu'il a toujours été doux comme un agneau. Les copains de l'école nous faisaient remarquer à Julien, à Clément et à moi que notre père avait une *boucle d'oreilles* et un *tatouage*… C'était le seul des pères à en avoir. C'était le seul marin aussi. Ça ne nous plaisait pas, cette différence. Ça ne nous plaisait pas qu'on nous appelle « les fils du pêcheur ». On aurait préféré être comme tout le monde, et avoir un père sans tatouage et sans boucle d'oreilles. Mais on a fait avec. Et maintenant qu'il est mort on en serait fiers. Avec les frères, nous aussi sommes des clichés, à regretter le joli temps d'avant. C'est juste qu'il nous manque, et ses tatouages aussi, et sa boucle d'oreilles aussi, et ses cheveux ébouriffés toujours pleins de sable et de sel aussi.

La mer, avant Brest, notre père ne la connaissait pas, car il était enfant de cette partie de la Bretagne, au centre, que l'on nomme l'*Argoat*, « le pays des arbres ». Jusqu'à son service, ça lui allait bien. L'*Armor*, « le pays de la mer », la houle et le bruit des galets qui se cognent, il n'en savait rien, ou alors il savait comme on sait le Far West, le Groenland et le Tour de France, les expéditions d'Amundsen, les Indiens avec leurs grandes plumes, ou les victoires d'Eddy Merckx.

Notre père qui n'y connaissait rien a développé au cours de son service militaire, et de sa vie brestoise, une fascination pour les marins, leurs histoires et leurs chansons. Si vous l'aviez entendu chanter, vous auriez fait comme tout le monde : vous auriez arrêté de causer. Vous auriez écouté. Vous auriez trouvé ça joli comme y a pas. C'est une pitié qu'il n'ait jamais écrit les paroles quelque part. Il en connaissait des centaines. Elles sont perdues maintenant.

Notre chanson préférée était « Kalikoko ». Notre père nous la chantait chaque fois que nous le lui demandions. Une fois sur deux Clément pleurait. Il faut dire que ça a toujours été le plus sensible de nous tous. On a dû trop le couver.

« Kalikoko », c'est l'histoire d'un chiot donné par un patron à un mouss'. L'amour entre eux va grandir en même temps que le chien qui devient un gros terre-neuve, « un sacré gaillard », c'est dit dans la chanson.

Le mouss' se réchauffe contre le poitrail de son chien pendant les nuits glacées. Il lui jette des bâtons dans l'eau pendant les escales. Il lui offre ses rations, et du lait concentré pendant les longues traversées. Mais un jour de gros temps, un matelot est emporté par une lame. Le bateau est à la cape, il lui est impossible de remonter au vent pour chercher le malheureux qui est en train de se noyer. Alors, on envoie Kalikoko, le chiot devenu un sacré gaillard, pour le sauver. Le marin s'en sort. Mais pas Kalikoko, qui continue de nager de toutes ses forces avec ses grosses pattes et le museau tendu vers le bateau qui s'éloigne.

Le chien de Clément, celui qui l'accompagne en mer aujourd'hui quand il va affronter les vagues de la chaussée de Keller pour rapporter ses bars de ligne qu'il vend une fortune, s'appelle Kalikoko. C'est un bouvier bernois, une race plutôt adaptée à la montagne en principe. C'est Julien qui le lui a offert.

J'écris la fin de la chanson dont je me souviens par cœur pour ne pas qu'elle se perde. Je voudrais que l'on se rappelle encore un peu le courage de Kalikoko :

Une pomme de touline fixée à son dos
Mon chien est allé affronter les flots
Et il a nagé comme un forcené
Pour rejoindre l'homme qui allait s'noyer

Kalikoko, Kalikoko
Mon ami, mon compagnon
Kalikoko, Kalikoko
Jamais je n'oublierai ton nom

Quand le matelot rejoignit le bord
Mon pauvre terre-neuve se battait encore
Là-bas dans les vagues qui déferlaient
Mais nous n'avons pu aller le sauver
Parfois sur la grève quand le soir descend
Je reste des heures près de l'océan
En fermant les yeux je crois quelquefois
Entendre mon chien là-bas qui aboie

Kalikoko, Kalikoko
Mon ami, mon compagnon
Kalikoko, Kalikoko
Jamais je n'oublierai ton nom

Notre père n'avait pas une grosse voix, pas beaucoup de coffre, mais il chantait juste, parfaitement à la note, pile où il fallait sur chaque temps. Il n'avait jamais appris. C'était son don. Je ne lui en connais pas d'autre.

Même si son timbre était différent, il chantait comme Nino Ferrer chante « La Rua Madureira » et, quand j'entends Nino Ferrer dire : « La couleur du ciel le long du Corcovado », j'entends notre père qui pleure Kalikoko alors qu'avec Julien et Clément nous nous endormons le cœur gros en pensant au bateau de pêche qui s'en va et qui laisse Kalikoko tout seul.

Notre père m'a dit un jour que, quand il était môme, il imaginait les bateaux de pêche comme d'immenses tracteurs, ceux qui envahirent et bouleversèrent les campagnes de son enfance sans qu'il s'en rende compte. Il était trop petit bien sûr. C'était à la fin des années 1950, en même temps qu'il venait au monde et pendant que son père à lui contribuait au « maintien de l'ordre » dans un bled du nom d'Isserville-lès-Issers, dans le département tout neuf de Tizi Ouzou.

On avait expliqué aux paysans que la parcellisation, le mode d'exploitation traditionnel, les condamnait à demeurer dans une économie peu productive. Pour les faire entrer dans la modernité, on décida de rassembler les parcelles autour des longères. On appela cela le remembrement. Les bulldozers entrèrent en jeu : ils abattirent les hautes haies qui séparaient les champs, ils brisèrent les talus, ils aplanirent les sols, les nivelèrent, ils comblèrent les fossés et les douves pour mettre en place de grandes parcelles d'un seul tenant, exploitables plus facilement, avec des rendements jamais vus jusqu'ici. Avec de tels espaces il ne fut pas difficile de convaincre les agriculteurs – on les appelait cultivateurs – de se passer des bœufs et des chevaux de force pour investir dans des tracteurs. Le Crédit agricole, partie prenante dans cette affaire, se chargea du financement en proposant des emprunts à des taux défiant toute concurrence et qui les endettaient jusqu'à la fin de leur vie. C'est un nouveau territoire qu'on bâtissait, une nouvelle géographie, et, comme on s'adapte à l'endroit sur lequel on existe, un nouveau mode de vie, de nouveaux échanges, de nouvelles fraternités, de nouvelles difficultés virent le jour. Les gros pneus remplacèrent les sabots de bois des hommes et les fers des chevaux. En même temps que les tracteurs, on vit apparaître dans les terres celui qui n'en partirait plus jamais : le vent.

On le connaissait bien en *Armor* puisqu'il y façonnait la vie des gens de mer depuis des siècles. Le voilà qui faisait son apparition en *Argoat*, trop heureux que les obstacles à son entrée contre lesquels il se fracassait, ceux qui le faisaient tournoyer comme on fait à la fête et l'affaiblissaient sans cesse aient été arasés, le libérant, et le faisant rentrer pleine balle dans la face de la multitude rassemblée sur les marchés et sur les foires, désarçonnant les gamins à vélo et déséquilibrant les petits vieux à pied.

Ce serait son monde, à notre père, son territoire, celui de mes frères et le mien, car même si Julien et moi en sommes partis, il demeure le nôtre. On y revient toujours comme fait la balle rouge du Jokari malgré les coups de raquette en bois dur. Toute notre vie, comme notre père, nous aurions du vent dans les oreilles. Clément, qui était sans doute le plus proche de lui, y a ajouté le sable et le sel dans les cheveux, mais plus pour longtemps, il les perd depuis ses vingt-cinq ans, il est presque chauve. « Comme le facteur », disaient les copains de notre père, au port, pour le chambrer.

Avant Brest, notre père a été envoyé quelques semaines dans une caserne près de Royan. À chaque fois qu'il entendrait le nom de cette ville ensuite, il frissonnait. Car il y avait tué deux jeunes hommes. C'était à la toute fin de ses classes, au cours d'une manœuvre de nuit avec l'armée de terre.

Il s'est retrouvé sans trop savoir comment sur la tourelle d'un VBL, un véhicule blindé léger, avec un spot dans une main et un canon dans l'autre. Le VBL roulait à fond car la manœuvre se terminait et tout le monde voulait regagner sa chambrée au plus vite. Peu avant le parking de la base, le pilote du VBL a tourné serré, à bloc, autour de quelque camion garé là, et c'est à ce moment que mon père a vu dans le faisceau de son spot les quatre jambes qui dépassaient de la couverture. Deux soldats s'étaient allongés contre les roues pour dormir un peu, tranquilles comme l'étaient les fillettes assoupies de l'ogre, dans l'histoire du Petit Poucet. Notre père n'a rien pu dire, estomaqué, le verbe coupé par ce qu'il découvrait à l'instant, et le VBL qui pesait plusieurs tonnes leur est passé dessus. Il ne se souvient pas avoir ressenti la secousse provoquée par l'ourlet sur la route de ces corps écrasés par le stupide métal et le caoutchouc.

Il s'est senti mal, comme s'il allait perdre connaissance. Il est resté mutique quelques secondes. Le VBL a continué d'avancer vers sa destination pour finir la manœuvre.

À la radio, quelqu'un a demandé une ambulance de toute urgence pour deux soldats qui venaient de se faire écraser. Et notre père a réussi à dire au sergent Corvoisier qui commandait :

« C'est nous sergent, c'est nous ! On leur a roulé dessus, ils sont morts !

— De quoi ? De quoi ? a répété le sergent, ahuri, incapable de saisir ces mots et leurs conséquences qui le dépassaient.

— On a roulé sur les soldats qui dormaient, on les a écrasés ! » a redit notre père.

Le sergent a fini par comprendre. Il a murmuré : « Oh putain, c'est pas vrai ! » Il disait ça pour les pauvres hommes et aussi pour lui qui avait posté notre père à la tourelle afin d'éviter de se les cailler toute la nuit. Il n'en avait pas le droit.

Le pilote et notre père sont descendus du VBL comme on part à l'échafaud. Ils sont allés trouver le responsable de la manœuvre. Le sergent les devançait. Il voulait se dénoncer avant ses hommes. Il voulait dire que c'était sa faute si les deux soldats avaient été écrasés.

Notre père ne cessait de se répéter : « J'ai tué deux hommes, j'ai tué deux hommes. » Tous trois ont attendu une heure à la porte, on courait de partout dans la caserne.

Le chef les a enfin reçus, il a écouté les explications de chacun sans rien dire, les yeux mauvais. Et tout à coup, il a explosé. Il s'est mis à les engueuler comme on n'a jamais vu. Une cheville cassée pour l'un et la frousse de sa vie pour l'autre, mais ça aurait pu être le drame ! On n'a pas idée de rouler à cette allure tout près des camions, bordel de merde, et de balancer un bleu-bite à la tourelle ! Sergent à la con ! Tu vas voir ce que c'est que de se cailler les miches, bon Dieu de corniaud.

Alors, le sergent Corvoisier a soufflé et le pilote aussi, et l'air qui s'est échappé de leurs poumons à ce moment-là pesait bien plus lourd que le VBL. Notre père ne l'a pas fait. C'était déjà trop tard pour lui. Le poids ne l'a jamais quitté. Il ne lui a pas coupé les ailes mais l'a lesté toute sa vie. Car cette heure passée à attendre que la porte du chef s'ouvre et durant laquelle il avait fait l'expérience de la culpabilité, durant laquelle il avait tué deux jeunes hommes, cette heure l'avait traumatisé. De là, il s'est promis de toujours faire attention aux autres. Il ne voulait plus jamais tuer personne, pas même pour une heure, pas même pour une seconde. Sinon, il en mourrait.

Pendant le week-end de permission qui suivit, celui qui marquait la fin de ses classes et avant son incorporation à l'arsenal de Brest, il est retourné à la gendarmerie. Il a raconté à ses parents l'épisode du VBL. La vitesse du véhicule et l'angle aigu du virage avaient déporté l'engin et soulevé suffisamment les roues intérieures pour épargner les corps des soldats. C'est la seule explication que l'on avait trouvée. C'était incroyable, une veine pareille. À la fin de l'histoire, ma grand-mère s'était signée en disant : « *Ma Doue benniget* » et mon père, que l'explication du virage n'avait pas convaincu mais qu'il répéterait malgré tout pendant le reste de sa vie, était d'accord avec elle : il y avait dû y avoir quelque chose de plus pour sauver ces gars, quelque chose de *divin*, ce n'était pas possible autrement, qu'un véhicule de ce poids se soulève comme ça, ou alors c'est que le petit Jésus était le fils de la chance et rien de plus.

Le surlendemain, notre père a pris le train pour Brest où il était affecté pour la suite de son service.

Et voilà, il a vu la mer, les bateaux dessus et les marins. Il a entendu leurs chansons, écouté leurs histoires et a voulu faire comme eux. Il était baisé.

Des histoires pour cent ans

Nous n'allions à Brest qu'une fois par an, un peu avant Noël, pour acheter les cadeaux. Nous aurions pu nous rendre à Rennes, qui était plus près de la maison, mais notre père tenait à ce que nous allions à Brest. Notre mère, qui était coquette, s'habillait encore mieux ces jours-là ; pas notre père, car il considérait que Brest était *sa* ville.

À chaque fois, c'était tout un cérémonial. Notre mère lui demandait s'il fallait mettre de l'essence avant de partir et notre père lui répondait la même phrase invariablement : « Non, y a skiff' ! », *Non, il y a ce qu'il faut*. Une expression des gars de l'arsenal, comme « avoir le casque lourd » les lendemains de cuite, ou « la mère casse-bites », le surnom d'une patronne de bistrot du port semble-t-il, et qui a été utilisé pour bien d'autres qu'elle, dont notre mère, les jours où elle énervait notre père. Et c'était souvent.

Notre père s'arrêtait à la banque pour retirer de l'argent. Nous patientions dans la voiture. Quand il ouvrait la portière et tendait le portefeuille à notre mère, il disait : « C'est bon, j'ai pas vu Amicel. » Amicel était leur banquier, « le roi des Agios » comme le surnommait notre mère. Et moi, petit, je croyais que c'était un vrai roi et les « Agios » un peuple lointain, un peu comme les Pygmés ou bien les Incas, et j'éprouvais de l'orgueil à savoir que mes parents étaient intimes avec un roi, puisqu'il leur téléphonait régulièrement. Par modestie, et surtout par chance, je n'en ai jamais parlé à mes camarades. J'ai gardé le secret pour moi. Il faut croire que l'on a le goût du secret dans la famille.

J'imagine la tête de leur père ou de leur mère s'ils leur avaient raconté que « les parents de Pierre » étaient amis avec « le roi des Agios, si, si, c'est vrai, maman ». J'ai fini par comprendre qu'il n'en était rien, que mes parents n'étaient amis avec aucun roi, pas même avec le roi des Agios. J'avais neuf ou dix ans puisque je me souviens que j'écoutais en boucle « Mangez-moi ! Mangez-moi ! » de Billy Ze Kick et que je portais souvent un jogging à pressions Adidas, noir et gris, du plus bel effet. C'est de cette époque que date la fin de mes rêves, la mort du bon goût et mon entrée dans l'âge adulte. Chienne de vie.

Dans les années 1990, le trajet entre notre village et Brest nécessitait deux heures et dix minutes. Aujourd'hui, les bourgs que nous traversions sont contournés par des rocades et les routes ont été élargies pour multiplier les tronçons à 110 km/h. Vingt minutes ont été gagnées. Il paraît que vingt minutes, c'est la durée idéale d'un rapport sexuel pour la majorité des Français, mais je ne pense pas que ce soit lié.

Les autoroutes n'existent pas en Bretagne, les péages non plus. La plupart des Bretons attribuent cette situation exceptionnelle à un édit signé en faveur d'Anne de Bretagne au moment de son mariage avec le roi de France. Quelle blague !

« Monsieur le ministre, j'ai une idée : si on installait un péage en Bretagne ?

— Vous plaisantez ? Anne de Bretagne a dealé avec Charles VIII qu'on n'installerait pas de péage là-bas, c'est mort mon vieux… »

Après avoir laissé sur notre droite le château d'eau de Morlaix à cinquante kilomètres de Brest, notre père lançait : « Encore une demi-heure et c'est bon. » Et il avait déjà les yeux qui pétillaient à cet instant. Je le vérifiais en décalant mon visage pour apercevoir son regard dans le rétroviseur. Et alors moi aussi j'étais content. Petit Clément, l'index et le majeur dans la bouche et le doudou au creux de la main, dormait la tête appuyée contre la portière, Julien regardait la route défiler. C'était bien.

Quand nous voyions la prison sur la gauche puis tout de suite après le grand rond-point de Pen-ar-C'hleuz à l'entrée de Brest, notre père souriait comme c'est pas permis et il annonçait : « Bon, je vous paie le resto ! » Notre mère réveillait Clément à ce moment-là en passant sa main sur le côté du siège et en lui grattant une jambe. Il ronchonnait jusqu'à ce qu'elle lui demande de quoi il avait rêvé. Il répondait : « J'ai rêvé de vous », sauf quand il était de mauvais de poil. Là, il disait : « J'ai rêvé de rien. »

Nous allions toujours dans la même crêperie, à côté du pont de Recouvrance. Notre père était fier comme un pape en entrant car la patronne qu'on ne voyait qu'une fois l'an se souvenait toujours de lui. Il prenait des nouvelles des affaires et en donnait de la pêche.

Il commandait un Ricard pour lui et un kir pour notre mère. Plutôt que de l'eau, leurs trois fils avaient droit à un diabolo menthe pour l'occasion. Nous n'étions pas pauvres. Nous aimions les rituels.

Pendant tout le déjeuner, c'était un long monologue de notre père à propos de Brest et de son histoire. Sur le martyre de la ville pendant la guerre et le fait qu'on l'avait soi-disant reconstruite quatorze mètres plus haut parce que le sol était jonché d'obus, qu'on n'aurait jamais pu tout déminer ; sur la rue de Saint-Malo, la seule demeurée intacte et qui donnait à voir la ville de Brest « avant », et ses maisons de pierre coiffées d'ardoises épaisses et sombres. Il promettait de nous y emmener avant d'aller faire les courses. Nous n'y sommes jamais allés. Il nous parlait aussi des forçats qu'on emportait au bagne, « comme Jean Valjean dans *Les Misérables* », le cliquetis des chaînes à leurs pieds, leurs mains empêchées par le fer, et la peine de ces hommes.

Ensuite, il évoquait son service bien entendu, le jeune Méheut que tout le monde avait surnommé « Mathurin » à cause du peintre et de son homard bleu. C'était un des seuls tableaux dont mon père connaissait à la fois le titre et l'auteur. Il nous décrivait en riant la blague que ses camarades et lui avaient faite à un chef en alourdissant son sac de cailloux pendant une marche de nuit ; la graisse au reflet bleu avec laquelle il lubrifiait de l'index les bielles des moteurs des groupes électrogènes dont il avait la charge. Ses missions de renfort à l'île Longue, sur la base des sous-marins à peine inaugurée. Il y avait vu *Le Redoutable* deux fois, jamais *Le Terrible*, mais *Le Foudroyant* une demi-douzaine. Il l'aimait bien celui-là, plus que les autres, et ça lui avait fait bizarre d'apprendre qu'on l'avait désarmé. « C'est tout petit dans un sous-marin, et à la moindre erreur c'est fini. On est mort. Il en faut du cran pour s'embarquer dans pareil bazar. » Il nous parlait des cinquante-deux malheureux du *Minerve*, sous-marin disparu en mer pendant l'hiver 1968 au large de Toulon. « Imagine les mères quand on leur a dit », qu'il disait à la nôtre, et elle lui faisait signe d'arrêter avec ça, Clément allait encore faire des cauchemars.

Alors, pour couper court à nos peurs, il nous racontait qu'il voyait souvent des sous-marins quand il était au boulot. Ils passaient sous la coque d'*Ar c'hwil* et, quand ils se rendaient compte que c'était notre père au-dessus, les sous-marins faisaient surface pour le saluer, apparaissant dans le jour comme font les baleines à bosse. C'était majestueux. Il devait se méfier du roulis engendré par la manœuvre, à chaque coup ça tanguait fort, mais *Ar c'hwil* et notre père en avaient vu d'autres. Il causait cinq minutes avec le commandant face à lui, en habit d'apparat, debout sur l'engin. Il lui arrivait souvent de le dépanner en cigarettes quand le commandant était en galère et qu'ils étaient encore loin de rentrer à terre. Notre père nous affirmait même qu'une fois il avait payé le champagne à tout l'équipage en le faisant couler par le périscope. Ça lui avait coûté un bras, mais il pouvait bien faire ça pour ses anciens collègues de la Royale pour la nouvelle année.

Julien et moi faisions semblant d'y croire pour ne pas le décevoir. Clément y croyait pour de bon. On allait jusqu'à lui demander ce qu'il avait fait des bouchons de champagne et notre père nous répondait que justement, il lui avait fallu bien faire attention en débouchant que ça ne fasse pas trop de bruit, pour ne pas qu'on pense que c'était une attaque et que ça déclenche une guerre avec les Américains ou avec les Russes. Il aurait eu « l'air chouette » sinon.

Il enchaînait sur les considérations politiques. Selon lui, Brest n'était pas bretonne. Brest c'était la France, c'était Vauban et les militaires. C'était le port du roi. « D'ailleurs, tu remarqueras que les Brestois ne parlent pas breton. » Notre mère finissait par lui dire : « Mais tu rabâches ! » et notre père n'avait plus qu'à se taire et finir sa galette en pensant à ses jolis mois là-bas.

Quand un enfant dessine, il arrive souvent qu'il laisse une grande bande blanche entre le sol (sur lequel il a gribouillé une maison) et le ciel (dans lequel il a griffonné un nuage et trois mouettes, les enfants sont originaux) avant de dire : « A y est, j'ai fini » tout content. Le maître d'école lui enseigne alors qu'il faut qu'il colorie toute cette bande vide, en bleu, car où il n'y a pas de sol, il y a du ciel.

On n'a jamais eu besoin de nous l'expliquer parce que notre père, dans une petite rue dont j'ai oublié le nom, mais ce n'était pas loin de la rue de Siam, nous avait fait remarquer le ciel si bas, si particulier et si beau de Brest, et la façon qu'il a de se perdre à la surface de l'eau grise de la rade. C'est comme si le ciel et la mer se confondaient. Comme si l'un et l'autre s'étiraient ainsi que le font les gros chats, rien que pour se toucher. J'ai revu ce phénomène une fois, sur un petit coteau de la Loire, entre Saumur et Angers, au-dessus d'un village qui s'appelle Le Thoureil : deux vieilles vignes qui avaient surmonté la palissade, qui s'étaient étirées de toutes leurs forces, pour finalement s'enserrer en une voûte. Elles faisaient comme un collier en se rejoignant de leurs jeunes pousses. Ou plutôt comme une couronne, voilà c'est ça, on aurait dit que toutes les deux, unies ainsi, elles couronnaient le ciel.

À dix-huit ans je suis parti vivre à Brest pour mes études. Quand nous avons reçu la lettre qui indiquait que j'y étais accepté en classe préparatoire, mon père m'a dit : « C'est génial, mon fils ! Tu vas vivre de grands moments à Brest. » Il jubilait. Il pensait que j'allais être aussi heureux que lui, que j'y trouverais ma voie, que ce départ tout à l'ouest, à l'image du sien vingt-six ans auparavant, « ce changement de cap » comme il avait coutume de l'appeler, allait me guider pour ma vie entière. C'était vrai, mais pas de la façon dont il se le figurait. Et moi non plus. Tout ça à cause d'une Brestoise dont je suis tombé amoureux. Pourtant on m'avait mis en garde contre les Finistériennes et leurs têtes dures.

Quand j'ai débarqué à Brest la veille de la rentrée au volant de ma bagnole pourrie avec tout mon barda dans le coffre, je n'avais pas le même sourire que notre père après qu'il avait laissé le château d'eau de Morlaix sur sa droite, la prison dans son dos, et qu'il s'engouffrait dans le grand rond-point de Pen-ar-C'hleuz, avec ses enfants sur la banquette et sa femme à côté de lui, car j'étais seul. Je quittais mon petit village pour la ville, la vraie, celle de notre père, certes, mais la ville tout de même. J'étais trop jeune, trop tendre pour cette ville-là, pour y vivre sans mon père, sans ses histoires, sans ses chansons. Sans ses « y a skiff' ».

Quand je rentrais à la maison le week-end, mon père n'avait qu'une envie, c'était que je lui « parle de Brest », mais je n'avais rien à raconter. Il était comme ces gens qui attendent le retour du voyageur parti des années et qui demandent, candides : « Raconte-nous, c'était comment ? » J'aurais voulu dire des histoires à la manière des siennes, toujours les mêmes et qui nous ravissaient avec mes frères. Il les aurait répétées sans broncher pendant cent ans, si on le lui avait demandé. Mais je n'en avais aucune. Et j'étais incapable d'en inventer.

Comme je ne répondais pas, il me demandait, pour m'aider : « Tu as vu ci ? Tu as fait ça ? », et je lui disais toujours non car le rythme de la prépa était si intense que je ne faisais rien d'autre que travailler. Le peu de temps qu'il me restait, quand je me réveillais la nuit par exemple, endormi depuis quelques heures sur mes cahiers et que je rejoignais mon lit, je le passais à penser à la Brestoise. Mon père était déçu. Alors, avec la télécommande il mettait le son de la télévision plus fort.

Bientôt, je décrochais. Je ne m'endormais plus sur mes cahiers. Je ne pensais qu'à la Brestoise, à son sourire et à son ventre que je rêvais de caresser. « Allez rien qu'un peu », je lui avais demandé, et elle m'avait dit non en souriant et me tirant le bout de la langue. Une fois, je lui ai même proposé de caresser son ventre avec le dos de la main, en prétextant que c'était moins intime, mais elle n'a pas cédé. Je lui ai dit des mots d'amour pendant des mois. Elle n'en a rien eu à faire. *Penn kalet* celle-là, vraiment.

On s'est tout de même embrassés, un soir, à la toute fin de l'année. Je venais d'apprendre que je me faisais renvoyer de la prépa, mes résultats étaient trop faibles. Elle m'a consolé de ses lèvres. Je savais que ce ne serait qu'une fois. J'ai pensé : *c'est toujours ça de pris.* J'ai essayé de toucher son petit cul vite fait, en même temps que je l'embrassais, mais elle a enlevé ma main. J'étais heureux. On s'est dit au revoir.

Je suis retourné dans mon village, j'ai dit à ma mère pour la prépa, j'ai mis ça sur le compte de l'allemand qui était mon talon d'Achille depuis la sixième. Je n'ai pas parlé de la Brestoise. Ma mère m'a dit d'aller trouver mon père.

J'ai été le voir au port, je ne faisais pas le fier sur la route. Je l'ai aperçu là-bas, sur le quai, assis sur un seau retourné, à côté d'*Ar c'hwil*. Son matelot n'était pas là.

Je me suis approché de lui, je me suis penché pour lui faire une bise, il a tendu la joue. Mon ventre me piquait.

« Ça va papa ? T'étais à la sole ce matin ?

— Ça va super, sauf que les araignées m'ont flingué un filet. Plus de vingt ans que je navigue là, le matos dernier cri dans la timonerie, et j'arrive encore à me faire avoir. Quel blaireau, je te jure. C'est que des emmerdes ce taf. Alors, ça y est, ce sont les vacances ?

— Oui, enfin !

— Ce serait bien que tu viennes me donner un coup de main de temps en temps cet été, pour balader les touristes. Khalid repart dans son bled pendant deux mois. Ce serait sympa de faire ça ensemble, tu crois pas ? »

J'ai dit oui, on pourrait se relayer avec Julien, ce serait parfait. Je l'avais fait l'été d'avant et j'avais bien aimé. Notre père avait commencé à emmener des touristes en mer trois ans plus tôt. L'été, il n'y avait pas beaucoup de poisson et les cours étaient bas. Ça le changeait de la pêche pure et dure et lui évitait aussi de devoir se lever à une heure trente du matin comme il le faisait à longueur d'année pour gagner sa croûte.

On prenait des petits groupes, six ou huit personnes, et nous les emmenions à la journée choper du maquereau, relever des casiers et pique-niquer. Notre père leur racontait le boulot. Ils trouvaient ça romantique. Je les aidais à pêcher. J'attrapais aussi les quelques homards dans les casiers car les touristes avaient peur de se faire couper un doigt et je *boettais*, c'est-à-dire que je remettais les appâts. On ne mouillait pas de filets, car c'était trop compliqué de les virer ensuite avec tout ce monde à bord. Notre père laissait les maquereaux aux touristes mais il gardait toujours les homards pour lui.

Il enfilait une marinière rose pour l'occasion, ce qu'il ne faisait jamais par ailleurs. Il pensait que ça plairait aux touristes, que ça ferait *local.* À la fin de la saison elle était toute tannée par le soleil et le sel des embruns. La deuxième année, un touriste l'avait trouvée magnifique, il avait dit : « On voit que c'est un vêtement qui a vécu » et il avait demandé à notre père s'il acceptait de la lui revendre. Notre père avait dit non. Il la lui avait donnée. Au début des saisons d'après, le touriste, avec qui mon père avait fini par devenir copain, lui envoyait une marinière rose toute neuve. Mon père la portait tout l'été et la renvoyait début septembre pour que le gars ait l'air d'un vrai loup de mer l'hiver suivant.

Nous avons continué de parler un petit peu et j'ai dû me résoudre à lui dire. Je lui ai annoncé que j'étais viré de l'école. Brest c'était fini. J'allais m'inscrire à la fac de Rennes. Je n'avais tué aucun soldat, je n'avais rencontré aucun Méheut, pas vu le moindre sous-marin, ni appris une seule chanson. Je n'avais graissé aucune bielle. Mes mains étaient toujours les mêmes, lisses et belles. Des mains de « faignant ». Mon père a dit : « Bon » et il a continué de ramender son filet en faisant la gueule et en tirant sur son clope. Je suis rentré à la maison, tout merdeux.

J'ai fait ma vie. J'ai étudié. J'ai voyagé. J'ai appris le vin, les fromages et les plats qui mijotent, un peu les fleurs, presque pas les oiseaux. J'ai commencé à écrire des petits sketches. Ça a marché. J'ai tourné le dos à la mer. Je suis parti à Paris. J'y suis resté.

Et un soir d'août, j'ai revu la Brestoise. Sur les marches de l'Opéra Garnier. C'est là qu'elle se cachait, merci Facebook. Elle avait accepté qu'on aille boire un verre, mais pas tard, à cause de son copain. Un sombre abruti. Ça m'avait pris dix ans pour la retrouver. Dix ans à lui courir après de par le monde sans savoir. Quand je l'ai vue qui marchait vers moi, la tête inclinée légèrement, son sac trop lourd qui courbait son dos, la façon, solaire qu'elle avait d'éblouir toute la ville par la grâce de ses mouvements, ses épaules nues et sa jolie robe noire, j'ai pensé que moi aussi, j'étais baisé. Je l'étais.

C'était reparti comme en 14, à lui faire la cour, à lui inventer des mots d'amour, à lui écrire des centaines de messages par jour, à lui faire des promesses qui n'engageraient qu'elle si elle voulait bien y croire.

Un jour que ça gelait, dans le Jardin des Tuileries, elle m'a laissé toucher son ventre et j'ai su que c'était bon. Elle m'a fait courir encore six mois, pour la forme, mais je n'étais plus à six mois près. Fils du pêcheur, comme mes frères, ma vieille, t'inquiète que je sais ce que c'est la patience. Mais ça, c'est une autre histoire.

Les bons souvenirs me font écrire trop vite, ils se précipitent dans ma tête comme pour être sûrs que je les évoque et que je les fasse voir aux autres, à la manière de ces magnums de vin qu'on partage pour ravir celui d'en face. Et j'ai oublié de parler d'une chose importante.

Quand je revenais de la fac de Rennes pour les vacances, j'avais vingt ans, nous avons commencé à nous serrer la main avec mon père. C'est moi qui en ai pris l'initiative. Mon père n'a pas essayé de me faire changer d'avis. Je me prenais pour un homme. Je pensais que j'avais passé l'âge des bisous. « Mon cul, lulu ! » j'affirme en y repensant aujourd'hui, et en lui volant une de ses expressions comme je l'ai toujours fait. On n'est jamais trop vieux pour ça.

Pourtant, et bien que ce soit moi qui l'aie décidé, je ne trouvais pas ça naturel de serrer sa main, c'était une distance trop grande, de celles qui ne devraient jamais s'installer entre un père et son enfant. Mes frères continuaient de l'embrasser et je les enviais. Et nous on se serrait la main. Quelle honte. J'en chialerais. Je n'osais pas lui redemander de revenir aux bisous et lui non plus, ça a duré des années. C'est infernal la pudeur. Je me souviens que ses mains étaient comme ses joues : toujours froides.

Le jour du premier anniversaire de Marcel, j'ai bu. Il y a des choses qui sont remontées comme ça, et j'ai écrit à toute vitesse, un message très court à mon père. Je me suis relu pour qu'il n'y ait aucune faute de frappe, pour ne pas qu'il pense que j'avais bu, pour ne pas qu'il se dise que c'était l'alcool qui me faisait écrire ça, et je l'ai envoyé immédiatement. Je voulais être sûr de ne pas pouvoir faire demi-tour. Je lui expliquais que j'aimerais mieux qu'on se fasse la bise, comme avant, pour se dire bonjour, si ça ne le dérangeait pas.

Je ne l'ai pas dit à mon père, mais en réalité c'est à mon fils que j'adressais cette demande, car je ne pouvais pas m'imaginer un jour serrer la main de mon Marcel. Ne plus lui faire de bisous ? Mon cul, lulu.

Mon père a répondu à mon message : « OK. » Rien de plus. C'était assez. De là on s'est remis à se faire la bise, sans jamais en reparler ou se poser la question. Ce qui fait que je n'ai jamais plus touché les mains de mon père. Ses mains fortes et épaisses, rêches comme du papier de verre, mais qui soulevaient les casiers comme de rien, qui triaient les coquilles Saint-Jacques à toute vitesse, et effleuraient les cheveux de Marcel avec délicatesse, et les miens, enfant, et ceux de Clément et ceux de Julien aussi, et qui avaient dû caresser le ventre de ma mère bien des fois. Ses mains toujours froides.

J'écris ça dans notre maison perchée sur la falaise de Trémazan – on dit Kersaint – à Landunvez, une petite commune à trente minutes au nord de Brest. C'est la maison de famille de ma femme, la Brestoise à la tête dure. Mathilde. J'adore les maisons. Je sais les secrets qu'elles renferment, les beaux moments qu'on y vit. Les chagrins qu'elles cachent. J'aime la maison de mes parents, celle des truites et des bouleaux. J'y ai connu de grandes joies et de petites peines car j'ai eu la chance de grandir sans drames. Mais la seule maison où j'ai le sentiment d'être chez moi, c'est celle de Kersaint, pourtant, je n'y ai jamais vécu.

En 1978, le pétrolier *Amoco Cadiz* a sombré juste en face, déversant dans la mer plus de 220 000 tonnes de pétrole brut.

Le matin du 17 mars, André, le père de Mathilde, a été réveillé par une odeur de pétrole. Il a pensé qu'il y avait un problème avec sa chaudière, il a vu le bateau énorme en face de sa fenêtre, et il a compris. Le pétrolier était si grand et si près qu'André avait l'impression de pouvoir le toucher en allongeant le bras. Il a traversé le jardin en pyjama, a descendu l'escalier de pierres mal taillées dans la petite falaise, en faisant attention de ne pas tomber. Il s'est arrêté trois marches avant le bas. Les vagues faisaient un bruit sourd et lourd quand elles se cassaient, toutes noires, en clapotant sur la plage.

Au bistrot de Portsall, de l'autre côté de l'estran, où je vais boire mon café et lire mon journal les matins de vacances, il y a des photos qui témoignent du naufrage et de ses conséquences. Les vieux en parlent encore si on leur demande. Toute la Bretagne, celle du littoral et celle des terres, s'est trouvée concernée par la catastrophe. Les derniers murs entre l'*Armor* et l'*Argoat*, s'ils existaient encore, se sont effondrés sous le poids de la catastrophe.

Des porchers sont arrivés de partout avec leurs tonnes à lisier et leurs pelles pour participer au nettoyage. Les jeunes, cheveux longs et cols roulés, ont accouru le week-end, sur leurs 102 SP ou en faisant du stop. Ils ont enfilé bottes et gants de caoutchouc, se sont retroussés les manches et armés de truelles. Des femmes et des hommes ont pris sur leurs congés pour gratter les roches et balancer le mazout dans des seaux en plastique blanc. Les retraités qui s'ennuyaient toute l'année ont trouvé une bonne raison de se lever le matin et ont presque regretté la fin des opérations, des mois après. Chacun faisait cause commune. Le petit frère de notre mère qui effectuait son service militaire cette année-là a été réquisitionné pour participer à l'effort pendant plusieurs semaines. Mais il ne peut pas dire exactement les zones sur lesquelles il a été affecté. Il ne saurait reconnaître la côte ainsi débarrassée de la souillure du naphte. Et pourtant, dix ans après le naufrage, quand Mathilde, qui est née en 1984, allait se baigner en bas de la maison, elle rentrait de la plage avec des boulettes de pétrole sur les chevilles et dans le dos.

Aujourd'hui, Clément vit dans la maison de Kersaint, avec Fanny, sa copine. Ils s'y sont installés depuis qu'il est devenu pêcheur-ligneur et qu'ensemble ils se sont lancés dans l'*Ikijime*, une technique japonaise de mise à mort du poisson. Ils nous versent un petit loyer et entretiennent la maison. L'entreprise n'a pas été facile au début, ça leur a demandé des investissements importants. Mais ils s'en sortent maintenant.

Quand Clément a expliqué les principes de l'*Ikijime* à notre père, celui-ci a levé les yeux au ciel. Il a pensé : *encore un truc de beatnik.* Mais il a tout de même soutenu Clément, son chouchou, dans son projet. Il lui a fourni du matériel. Il lui a avancé un peu de sous. Il l'a mis en contact avec des collègues qui lui indiqueraient des zones de pêche avec un minimum de ressources, « parce qu'avant de tuer tes *pesket* avec un fil de fer et une aiguille à tricoter comme t'en as la prétention, va quand même bien falloir que tu les attrapes », lui avait-il rappelé. Notre père était toujours le premier pour ce qui était d'enfoncer les portes ouvertes.

Clément voulait œuvrer dans une autre baie que celle de notre père. C'était une façon de prendre son indépendance comme il avait déjà commencé à le faire des années avant en refusant de faire son apprentissage à bord d'*Ar c'hwil.*

Après les premières prises, et les premières ventes surtout, à des prix mirobolants, notre père a été convaincu et en est venu à vanter les mérites de l'*Ikijime*, qu'il ne pratiquait pas, auprès de ses quelques clients particuliers et des restaurateurs. Si l'un d'eux demandait pourquoi il ne s'y mettait pas, il répondait : « C'est un truc pour les jeunes qui se lancent ça, les prélèvements doux, la plus-value par la qualité, ils sont moins bêtes que nous dans le temps. »

Je regarde Portsall depuis la chambre au premier étage. En face, il y a le bateau orange et vert de la SNSM qui se trémousse. C'est mon endroit préféré sur terre. Le plus beau paysage que j'ai eu la chance d'admirer, et j'en ai vu des beaux. André, le père de ma femme, mangeait toujours dos à la mer. Une fois que je lui faisais remarquer la beauté de la vue, il m'avait répondu en tirant sur sa cigarette : « Ah ouais… » Ce n'était pas du dédain. Au contraire. C'était la profondeur de ses sentiments qui lui faisait dire ça, il n'avait pas besoin de se retourner pour voir ce qu'il aimait déjà.

Dans trois jours, c'est Noël. Louise gazouille à peine et bave beaucoup, peinarde, dans son lit à barreaux.

Hier, on a causé tard avec Clément, et on s'est dit des belles choses. Le naufrage d'*Ar c'hwil* nous a rapprochés, car avec lui et Julien, on est les seuls à comprendre ce que les autres éprouvent. Il n'y a qu'à mes frères que je peux dire des choses, à Mathilde je ne peux pas, je ne lui dis rien. Même si elle aussi a perdu son père, j'ai l'impression qu'elle ne comprendrait pas. À ma mère non plus je ne lui dis rien, elle qui a perdu son mari. En revanche, avec les frères on cause comme jamais. C'est comme s'ils étaient devenus plus que mes frères. Mais comment est-ce qu'on peut être plus que des frères ? C'est une question que je me pose tout le temps.

Julien et Jérémy arrivent demain avec notre mère. On va réveillonner tous ensemble, ce sera le premier Noël sans lui. Tout le monde appréhende.

Marcel est en bas, il fait des dessins mais il est loin de dessiner le ciel et la mer, il galère déjà avec son « Monsieur Patate », je suis encore tranquille pour un moment avant de lui expliquer qu'il ne faut pas laisser de bande blanche entre le sol et le ciel. Il faudra que je retrouve la rue, ça ne doit pas être bien compliqué, et que je lui montre le ciel de Brest.

Tout à l'heure nous y sommes allés pour finir les derniers cadeaux. En arrivant par la route de Guilers, j'ai dit : « Je vous paie le resto. » Nous sommes allés dans la crêperie habituelle. La nouvelle patronne qui a repris l'affaire il y a peut-être dix ans ne m'a pas reconnu. On s'est installés. On a tous commandé une complète. On s'est régalés. Marcel a eu le droit à un diabolo menthe mais il n'en a pas bu par peur des caries. C'est l'esprit de contradiction à l'état pur, ce gamin.

On a parlé de tout et de rien pendant le déjeuner, et on a convenu de passer voir la mère de ma femme après les courses, puis de vite repartir pour profiter de la maison et construire le château de sable promis à Marcel, avant la nuit. Je voulais aussi écrire quelques mots à propos des mains de mon père comme j'en avais eu l'idée sur la route. Mathilde a pensé que ce serait bien et elle a caressé ma joue en me faisant un petit sourire. Elle est tellement gentille et délicate. C'est bouleversant.

À un moment, elle m'a demandé si on devait s'arrêter mettre de l'essence avant de rentrer… J'ai hésité. J'ai pensé à mon père. Et j'ai répondu, avec de la joie partout dans le corps : « Non, y a skiff'. »

Khalid Sankaré

Ils ont retrouvé Khalid qui faisait la planche, sans se débattre ou chercher à appeler à l'aide, il flottait, les bras en croix, lui, le musulman, paumé au milieu de la Manche.

Quand il est arrivé en France il ne savait pas nager, même s'il avait affirmé le contraire à notre père, qui n'avait pas cherché à vérifier. Et qu'est-ce que notre père aurait pu faire ? Il aurait posé Khalid sur un rocher en lui disant « bon courage », attendant ensuite qu'il regagne la côte à la brasse, pour être bien certain ?

Khalid a dit aux sauveteurs, après que sa bouche transie se fut décrispée, qu'il attendait les étoiles. Il aurait tenu le choc jusque-là car il voulait voir le ciel une dernière fois. Le même que celui qu'il voyait gamin, dans son bled au Sénégal, pas loin de Saly, là où est mort le coureur cycliste Frank Vandenbroucke. Un ciel pur, qu'il n'avait jamais retrouvé depuis son arrivée en Europe, la faute aux lampadaires, il paraît.

Pourtant, en mai, la nuit tombe tard en Bretagne. Il serait sûrement mort de froid avant, et de toute façon le temps était pourri, il aurait pu attendre longtemps avant que les nuages ne s'écartent pour lui laisser entrevoir les étoiles.

Avec la houle qu'il y avait ce jour-là, il a dérivé comme une bouée arrachée à son amarre, sur des milles et des milles. Les gendarmes ont dit qu'il avait eu une chance incroyable que les hommes dans l'hélicoptère le voient. Qu'avec un bol pareil il fallait qu'il aille jouer au loto. Mais il ne l'a pas fait. Il avait autre chose à penser que d'aller traîner au PMU.

J'étais en voiture, à hauteur du Mans, quand ma mère m'a envoyé le message. Je roulais vite. Ça s'est affiché comme ça :

Ils ont retrouvé Khalid, il est vivant. Il va bien.

D'abord, je n'ai vu que les mots « retrouvé » et « vivant », et un instant, j'ai caressé le fol espoir que ce soit notre père. Que tout allait bien. Il aurait de la peine pour *Ar c'hwil*, il s'en voudrait d'avoir coulé. Il aurait la mort de son gars sur la conscience jusqu'à la fin de sa vie, mais lui, il était vivant. C'était ça le plus important. Et je lui aurais dit que le bébé serait une petite fille, qu'on avait décidé de l'appeler Louise. Il m'aurait donné son avis, dit que c'était bien, sans chercher de complication.

Mais ça n'aurait pu arriver. Car s'il avait perdu Khalid en même temps qu'*Ar c'hwil*, il serait mort de toute façon. Il n'aurait pas supporté. Tout ça à cause de ces deux soldats qu'il avait écrasés alors qu'il était sur la tourelle du VBL. Ces deux jeunes hommes qu'il avait tués pendant une heure, ce traumatisme dont il était lesté depuis quarante ans, et qui l'aurait fait sombrer avec eux, pour de bon cette fois.

J'ai eu du mal à faire le code de mon téléphone pour voir le message en entier. J'ai fait une embardée sur l'autoroute qui a bien failli m'envoyer dans le décor à cent trente à l'heure. On n'avait pas besoin de ça.

J'ai expiré trois fois très fort. Je me suis calmé comme je fais toujours, en pensant à Marcel, à toutes les conneries qu'il raconte et à toutes les gentilles bêtises qu'il fait à longueur de journée. Celui-là aussi c'est un *c'hwil.*

J'ai téléphoné à notre mère. Les gendarmes venaient de l'appeler pour lui dire qu'ils avaient retrouvé Khalid, mais c'était tout. Pas de signe de papa. Pas de signe d'*Ar c'hwil.* Khalid leur avait expliqué qu'il ne pouvait dire si notre père était resté bloqué ou non dans le bateau car c'était allé trop vite. La vague scélérate qui les avait submergés les avait pris par le travers alors que notre père changeait de cap pour rentrer et se mettre à l'abri au port, après que Khalid eut mouillé le dernier casier. Ils n'avaient rien vu venir.

Khalid l'assure encore aujourd'hui si on l'interroge (je sais qu'à chaque fois qu'il le voit, Clément continue de demander à Khalid de lui raconter le naufrage. Il n'admet pas que notre père se soit fait avoir comme ça) : même à la cape ils n'auraient rien pu faire. Jamais on n'avait vu un mur d'eau pareil dans la baie. Aucun bateau de la taille d'*Ar c'hwil* n'aurait pu résister à une telle force, à une telle violence. À la nature ainsi déchaînée. Comme si la mer, qui était déjà grosse depuis longtemps, après leur avoir ordonné de rentrer en les secouant pendant des heures, avait décidé d'elle-même de les couler. Comme si elle leur en voulait de quelque chose. Comme si elle avait *choisi* de les punir.

Khalid avait précisé aux gendarmes qu'au moment du naufrage, notre père portait bien son VFI – son vêtement de flottaison individuel –, puisqu'ils avaient enfilé chacun le leur en même temps, dès le début de la marée. Ce n'était pas toujours le cas, c'est vrai, mais ils avaient bien senti que c'était un jour particulier.

On avait offert ce VFI qui était d'excellente qualité à notre père car on savait qu'il ne portait jamais l'ancien. Il prétextait qu'il était trop épais et le gênait dans son travail. C'était pour un de ses anniversaires, deux ans et demi avant le naufrage. Nous nous étions cotisés avec Julien et Clément, après qu'un collègue de notre père s'était noyé, emporté dans le fond par une drague à laquelle son ciré s'était accroché.

Mon père nous avait dit qu'un VFI ne servait à rien dans pareil cas, que la seule chance de s'en sortir c'était la vigilance des camarades pour arrêter le treuil et le remonter fissa. Il l'avait eu cette chance une fois, au début des années 1980, alors qu'il coulait à toute vitesse, le pied pris dans une ligne de casiers. Il avait eu le temps de boire la tasse, de penser qu'il allait se noyer et d'éprouver la douleur de la pression exercée sur les tympans par les grandes profondeurs, jusqu'à ce que son patron, Yvik, qui était à la pêche avec lui, ne le sauve.

Notre père nous avait remerciés quand même du cadeau et promis de le porter pour nous rassurer. Ça le changeait de l'immuable jean brut Levis 501 W32 L30, coupe classique, qu'on lui offrait tous les ans. Et ça l'avait touché qu'on pense à lui et à sa sécurité. Il était allé acheter le même gilet le lendemain pour Khalid, pour qu'il n'y ait pas de différence de traitement sur son bateau.

Je ne voudrais pas créer de faux suspense puisqu'on n'a jamais retrouvé le corps de notre père et que si on le retrouve maintenant il y a peu de chance qu'il soit en vie, ou alors c'est que notre père est une dorade ou un carrelet, et alors mon existence n'est qu'une illusion, un rêve intense ou quelque chose, et rien qu'à écrire ça j'ai le vertige, et je ne crois pas non plus qu'il soit sur une île déserte quelque part avec Alain Colas, Jim Morrison et Claude François en train de jouer à la pétanque et rigoler en se félicitant : « T'as vu comme on les a bien niqués en leur faisant croire qu'on était morts, alors qu'on voulait juste être peinards. » J'ai dit ça à Khalid l'autre jour, et il m'a répondu : « Tu es un original… »

Ça faisait près de vingt ans que Khalid Sankaré naviguait avec notre père. Khalid est le premier Noir à qui j'ai parlé. Le premier Noir à qui j'ai serré la main. J'avais déjà quinze ans.

Un peu avant le réveillon de 1999, notre père nous avait dit qu'il venait d'embaucher un gars pour aller avec lui aux coquilles et remplacer ensuite Tristan, son second, que tout le monde appelait « Impeccable » car Tristan, quand il était d'accord, et il l'était souvent, le faisait savoir en disant : « Impeccable. »

Tristan formerait le nouveau avant de s'en aller à la fin de la saison : il savait qu'il n'en avait plus que pour quelques mois avant d'être déclaré inapte à la navigation à cause de son dos et de la picole. Tristan s'est noyé dans le port un an plus tard. Un vieux qui promenait son chien l'a retrouvé, un matin, la tête dans l'eau. Il est mort comme un con, bourré comme une valise. Ça devait arriver, avait dit notre mère quand notre père lui avait appris la nouvelle. Mais elle avait tout de même pleuré. Et notre père aussi.

« C'est un Noir », avait précisé notre père en parlant de Khalid. Et il avait affirmé que, de toute façon, il n'y avait plus qu'eux qui acceptaient encore de bosser, que les Français c'étaient « faignants et compagnie ». La moitié des équipages en Bretagne Sud avaient déjà au moins un Noir à leur bord, et oui c'était comme ça, « c'est facile de faire des piles de casiers sur des feuilles à l'école, de ramender des filets et de faire passer les onglées assis à son pupitre, dans une classe chauffée à 20°, mais la mer c'est autre chose », il avait ajouté, comme pour se justifier. On s'est regardés du dessus de notre bol de soupe en se souriant avec notre mère et mes frangins, et on a pensé qu'un Noir qui s'embarquait sur *Ar c'hwil* avec notre père, c'était quand même un signe que les temps changeaient.

« Et il sait ce que c'est que la pêche, ton arpette ? avait demandé notre mère.

— Bien sûr qu'il sait, avait répondu notre père, il vient de Joal-Fadiouth, c'est le premier port de pêche du Sénégal. Son père était pêcheur et son grand-père aussi. Les Sénégalais sont des marins hors pair. Tout le monde sait ça. »

En réalité, Khalid, et c'était la même chose pour son père et son grand-père, n'avait jamais mis les pieds sur un bateau, et même il ne savait pas nager. Il a dû apprendre par la suite, à la piscine, avec la petite planche et la ceinture, comme les enfants, pour valider ses diplômes. Mon père le taquinait avec ça, mais à nous il disait que Khalid était drôlement courageux de mettre sa honte de côté et d'apprendre ainsi à nager à son âge.

Khalid était bien allé quelques fois à Joal-Fadiouth qui n'était qu'à une trentaine de kilomètres de son village, il y avait vu en touriste les longues pirogues colorées, les remorques à cheval partout au bord de l'eau et le poisson que les femmes fumaient. Mais jamais il n'était allé en mer avant d'embarquer sur *Ar c'hwil.* C'est sans doute pour ça qu'il a vomi à chaque marée pendant les trois premiers mois. Malade comme un chien. Mais notre père l'a gardé à bord. Il faut croire qu'il lui avait plu dès le début.

J'avais demandé à Khalid s'il avait fait partie des sans-papiers de l'église Saint-Bernard, c'est à peu près tout ce que je connaissais des « Noirs ». Ça m'avait choqué. Les coups de hache des CRS qui détruisaient la porte. On les voyait dans les journaux télévisés, le soir. Notre mère, plutôt du genre à bouffer du curé par ailleurs, secouait la tête en disant : « Mais ils sont fous ! Une église, quand même… » Notre père, lui, pour une fois, ne parlait pas. Julien était aussi choqué que moi et Clément faisait autre chose. Khalid avait souri quand je lui avais demandé pour l'église Saint-Bernard, mais non, *même s'il était noir*, il ne s'y trouvait pas, avait-il répondu. C'est peu dire que je m'étais senti bête.

En revanche, il avait connu un jeune homme qui y était et qui lui avait raconté plus tard le traumatisme de l'évacuation, les rumeurs de renvoi immédiat au pays, les charters prétendument déjà affrétés pour ça. Les engueulades sous la nef.

Khalid n'était en France que depuis quelques mois en cette fin août 1996. Il était quelque part dans le Languedoc à attendre le début des vendanges, on lui avait donné le nom d'un vigneron pas trop regardant sur les papiers. Il était descendu en train en empruntant les petites lignes avec la peur au ventre de se faire gauler à chaque fois qu'il devinait un képi.

Il était parvenu à se faire la belle au printemps précédent, pendant un voyage d'échange avec une fac parisienne, alors qu'il était étudiant en sciences politiques à l'université de Dakar. Au moment de remonter dans l'avion, sur les vingt-cinq étudiants présents au départ, trois garçons et une fille manquaient à l'appel, dont Khalid et son copain d'enfance, un certain Ousseynou. Le copain s'est fait arrêter quelques jours plus tard et a été embarqué illico, menottes aux poignets, front plissé et mâchoires serrées, dans un vol pour Dakar. Il a tenté plusieurs fois de revenir en France mais sans succès. Maintenant, il est trop vieux.

Khalid s'est trouvé seul dans Paris, sans savoir où aller. Il a été aidé par d'autres Sénégalais au début, il vivait de galères et de combines. Il pensait à sa fille et à sa femme, ses deux petites chéries comme il disait tout le temps, qu'il avait laissées seules au pays pour essayer de leur offrir une vie meilleure dans cet exil que lui imposait la misère.

Dès le début, Khalid avait prévenu notre père qu'il n'avait pas de papiers, il n'a jamais essayé de le truander avec ça, contrairement à la nage. Notre père le payait en espèces pour commencer – il a toujours bien aimé faire du black, papa. Ça s'est vite su qu'il avait un gars en plus pour l'aider. Car les premiers temps, Khalid dormait à bord d'*Ar c'hwil.* Les jours secs, ceux où ils n'allaient pas en mer, étaient les plus longs. Il lui fallait se dégourdir les jambes de temps en temps. Pour une raison que j'ignore, les gendarmes ont toujours fermé les yeux, les affaires maritimes aussi.

Petit à petit, Khalid a commencé à faire partie du paysage du port, il a trouvé un studio juste à côté. Il a acheté un VTT pour venir bosser. Tout le monde se doutait bien qu'il était clandestin, mais chacun feignait de l'ignorer. Les gens se sont mis à l'appeler « Mouss », non pas parce qu'il était matelot, mais parce qu'il était noir, et que le comédien Mouss Diouf était le seul Noir qu'ils connaissaient. Notre père continuait de l'appeler Khalid.

Il a fait une première demande de permis de séjour au bout d'un an. Notre père lui a signé un certificat de travail et Khalid s'est inscrit à une formation de matelot pont – c'est à ce moment qu'il a dû avouer à notre père qu'il lui avait menti concernant la nage – pour pouvoir embarquer légalement. Le dossier était solide et notre père qui était du genre ceinture et bretelles l'a fait appuyer par le maire et par le patron du port. Ça a mis beaucoup de temps.

En 2003, pendant la canicule, et tandis qu'on alignait les petits vieux dans les frigos à Rungis, Khalid a obtenu pour la première fois un permis de séjour sur le territoire français. Il est allé le récupérer avec notre père et notre mère à la préfecture de Saint-Brieuc. C'était l'événement. Il a offert le champagne aux gars du port et il a pris le premier train pour Paris, direction l'aéroport, puis Dakar, Saly, et son village où il a retrouvé sept ans après sa fille, déjà grande, et sa femme, un peu vieillie. Ses deux petites chéries.

Dans la voiture qui le ramenait de la préfecture il avait dit à notre père : « Tu sais, Jean, je commence à en avoir assez qu'on m'appelle "Mouss". Mon prénom c'est Khalid, s'ils y tiennent ils peuvent m'appeler Khalilou, comme le faisaient mes camarades à l'école. Mais m'appeler "Mouss" au prétexte qu'il y a un Noir qui s'appelle comme ça à la télé, c'est du racisme. Ce n'est pas autre chose. Il est fini le temps des colonies… »

Notre père avait fait passer le message aux gars en précisant que si le message n'était pas reçu très vite, ça se réglerait au choix à coups de pompe dans le cul ou à coups de torgnoles sur le nez. Suite à ça, on n'avait plus jamais entendu le mot « Mouss » sur le port, même pour des jeunes qui se lançaient dans la carrière. On ne voulait pas courir le risque de le fâcher.

Quand Khalid était revenu du Sénégal au début de la saison de la coquille, il rayonnait. Lui qui était habituellement un homme de peu de mots avait passé des jours entiers à raconter à notre père sa femme, les amis du village qu'il avait retrouvés, comment Saly avait changé, les mobylettes partout, l'odeur des rues, le goudron qui ne cessait de recouvrir les pistes, et la joie qu'il avait d'entendre sa fille venir le réveiller au matin.

Khalid disait : « Un jour, je t'emmènerai, Jean ! Je te ferai voir tout ça et je te ferai goûter notre cuisine, tu mangeras avec nous dans la cour, et de la main droite, attention ! Tu verras, tu aimeras. » Notre père avait répondu qu'il serait heureux de rencontrer sa femme et sa fille et de découvrir son pays. Il avait promis, poignée de main à l'appui, qu'il ferait le déplacement, pas tout de suite, mais à la retraite, tiens, ce serait l'occasion.

Notre père n'avait cessé de repousser sa retraite. Je crois qu'il ne voulait pas se séparer d'*Ar c'hwil*. Il ne voulait pas se résigner à le voir partir à la démolition, comme des centaines d'autres bateaux avant lui, ou le vendre à quelqu'un qui ne saurait pas comment faire.

Déjà, pendant les crises de la pêche au début des années 1990, alors que s'était posée la question de continuer ou pas, il avait dit qu'il préférait crever que d'arrêter la pêche ou de rembarquer sur un bateau-usine. C'était excessif, mais ça disait sa détermination. Il aurait pu essayer de faire comme d'autres : investir dans un plus gros bateau pour partir à l'hauturière, l'appeler *Ar c'hwil II* et prendre sa retraite à la petite cinquantaine avec un peu de sous en banque, mais il ne l'a jamais fait. Si bien qu'à cinquante-neuf ans, après quarante ans les pieds dans l'eau, il continuait de se lever à une heure trente du matin pour faire la pêche.

Le voyage pour le Sénégal avait fini par être organisé, pour ses soixante ans. Plus de quinze ans que Khalid l'avait invité. Il était temps. Notre père s'était fait vacciner comme il l'avait fait avant de partir à l'armée, alors qu'il pensait embarquer sur la *Jeanne d'Arc*. Ça n'avait servi à rien à l'époque. Ce n'était pas souvent qu'on chopait la fièvre jaune rue Jean-Jaurès, à Brest. À la limite la chaude-pisse, et encore, il ne fallait pas être regardant.

Il lui avait manqué quelques mois. Les billets étaient déjà achetés pour septembre. C'était un peu avant son anniversaire officiel, mais avec notre mère, ils n'avaient pas trouvé de meilleure date. Après il enquillait sur la

Saint-Jacques. Il ne pouvait pas louper ça, il payait sa licence une fortune. Notre mère allait prendre l'avion pour la première fois. Pourtant elle se vantait d'avoir bougé dans sa jeunesse, mais l'avion, ça non, elle ne l'avait jamais pris.

Le chêne. L'acier

Petite, notre mère se sentait différente de ses sœurs et de ses frères. Le joli noir de ses cheveux, sa peau mate, ses yeux foncés s'opposaient au teint de lait, aux mèches blondes et aux iris clairs de Sylvie, Véronique, Claire et Loïc. Peut-être que Stéphane était celui qui lui ressemblait le plus. Elle se raccrochait à ça. Car toute son enfance, elle a attendu le jour triste et gris, un de ceux où la campagne sent le feu de cheminée, ça aurait plus de gueule, où on viendrait la chercher dans la chambre qu'elle partageait avec ses grandes sœurs pour l'installer sur le fauteuil du salon et lui annoncer la nouvelle : « Il faut que l'on te dise quelque chose, ma fille, tu as été adoptée. » Mais ce jour n'est jamais venu.

Si on écoute notre mère, on saura qu'avec ses frères et sœurs ils allaient à pied à l'école, sous la neige bien entendu. Même si on peut compter sur les doigts d'une main les jours nivéens en Bretagne et que je sais de source sûre que le ramassage scolaire fonctionnait dans leur hameau à leur époque puisque le chauffeur du car qui me conduisait à l'école avait été celui de ma mère et de mes oncles et tantes. Mais ça les amuse de jouer aux miséreux.

J'ai toujours aimé imaginer notre mère petite et je lui demandais souvent de me raconter. Son plaisir, gamine, c'était la venue de sa « grosse marraine » à la maison, pour Pâques. Elle lui offrait des dînettes qui rendaient folles de jalousie ses sœurs. L'hiver, notre mère mettait du givre ou de la neige (décidément) dans les tasses en plastique et recouvrait les cristaux du reste de café ou des fonds de vin rouge de son grand-père pour les colorer et imiter les sorbets. Elle les mangeait ensuite. L'amertume du café ou bien l'acidité du vin la faisaient grimacer.

À peine femmes, ses sœurs sont tombées amoureuses. Elles ont quitté la maison. Elles se sont mariées. Elles ont eu des enfants. Ma mère ne cessait de passer son tour.

Elle pensait que ses parents l'aimaient moins. C'était faux. Le problème, c'est que l'amour qu'on lui portait, et c'était pareil concernant notre père, ce n'était jamais assez. « Jamais contente », disait notre père qui était fou d'elle.

Un soir, elle s'est dit que le mieux pour qu'on l'aime davantage serait qu'elle disparaisse. Elle voulait créer le manque. Elle voulait qu'on la supplie de revenir.

L'été de ses dix-huit ans, en 1976, une saison de fournaise qui voyait les épis de blé sécher sur pied et les rivières se tarir, ma mère s'est enfuie de la maison. Pour qu'on lui demande de revenir. Pour qu'on l'aime davantage.

Elle a sollicité son père afin qu'il l'emmène à la gare. Elle comptait prendre un train en direction de Grenoble.

C'était la première de la famille à quitter le département sans que les vacances annuelles à Ardenay-sur-Mérize, dans la Sarthe, en soient la raison. Elle avait trouvé, grâce à une annonce dans son lycée hôtelier, une place dans un restaurant de la station de ski des Deux-Alpes.

Elle a fait son sac ; « son baluchon », elle dit aujourd'hui. Elle est passée dire au revoir à chacune de ses sœurs et à leurs maris, à ses nièces. Elle a embrassé ses petits frères. Elle est montée dans la voiture de son père. Sa maman s'est assise à l'arrière.

En partant, notre mère a regardé la grande fenêtre de la cuisine, qui était l'endroit le plus important de la maison. Car de là, on voyait le parking et le pignon du café-restaurant La Carriole, un peu plus loin. C'est ici que, lorsqu'ils étaient enfants, chaque jeudi et tous les jours pendant les vacances, sur le coup de onze heures, Sylvie, Véronique, Claire et ma mère s'installaient. Stéphane s'asseyait sur les marches de l'escalier pour être tranquille à la petite fenêtre, sans que ses sœurs le poussent. Tous les cinq attendaient le retour de leur papa. Loïc, le petit dernier, restait dans son berceau, ou dans son parc. Enfin, ils le voyaient arriver sur sa moto, qu'il béquillait sur le parking de La Carriole. Et alors, c'était la cavalcade. Les enfants traversaient le jardin, dévalaient le petit talus, sautaient le ruisseau en face, passaient sous la clôture, se prenaient parfois une décharge, couraient à travers le champ sans un regard pour la ponette Muguette (qu'on avait prénommée ainsi car elle était née un 1er mai) jusqu'à atteindre le parking, et hurlaient de toutes leurs forces : « Papa, papa, papa ! » Le premier arrivé était le premier servi : mon grand-père l'installait entre ses bras sur la moto et l’embarquait pour les deux cents mètres jusqu’à la maison. Il venait rechercher le suivant et ainsi de suite jusqu’à ce que tous ses enfants soient de retour à la maison. Là seulement, il entrait, ôtait son casque blanc, posait son blouson sur le portemanteau, peignait en arrière les quelques cheveux que la calvitie avait épargnés et faisait une bise à sa femme, qui s’était apprêtée juste avant son arrivée. Voilà pour l’image d’Épinal.

Notre mère a tanné notre père pendant des années pour qu’il achète une moto. Il a toujours refusé. Il trouvait que c’était trop dangereux.

Notre mère et ses parents ont pris la direction de la gare. Sur le quai, notre mère s’est mise à pleurer. Son père lui a demandé d’être bien prudente. Il pleurait aussi, tout comme sa femme. Notre mère était contente. Ces larmes, c’était l’évidence minuscule mais définitive de l’amour que lui portaient ses parents.

Rassurée, elle aurait pu dire que, finalement, elle ne montait pas dans le train et qu’elle s’en allait faire sa vie, comme ses sœurs, pas loin de la maison, mais l’idée de l’ailleurs avait fini par la gagner. Elle a pris son train. Elle a dévoré des yeux les paysages qu’elle n’avait jamais vus. Elle est arrivée le lendemain à Grenoble. De là, elle a fait la route en car jusqu’à la station, où elle a pris son poste au restaurant le soir même, comme serveuse.

De ses mois à la montagne, je ne sais que peu de chose car je crois que ce fut une époque où notre mère a vécu sa vie de jeune fille et que notre père, qui était jaloux comme tout, n’aimait pas qu’elle en parle. Je sais qu'elle a été élue Miss Deux-Alpes. Une de ses plus grandes fiertés.

Le temps passait. La maison lui manquait. Ses parents lui manquaient. Ses sœurs lui manquaient. Ses frères aussi. Le plus petit surtout, Loïc. Elle se rappelait de lui avec mélancolie et toutes ces fois où il scalpait ses poupées avant de les enterrer dans le petit vallon derrière la maison, et de sa tête de fou, avec ses cheveux frisés, quand il hurlait : « Chabadaouane ! » au moment où il désossait les poupées. Ce qu'elle détestait, qui la faisait pleurer des jours entiers, voilà qu'elle aurait tout donné pour le revivre.

Elle est rentrée à la maison à la fin de la saison d'hiver. Toute la famille était sur le quai de la gare pour l'accueillir. Et que ça se sautait dans les bras, et que ça pleurait comme savent pleurer les filles, et que ça s'embrassait comme du bon pain.

Le lendemain, l'euphorie ramenée au rang de raison, elle a décrit à ses parents les montagnes. Elle les a comparées avec les collines du coin et avec les monts d'Arrée, mais ce n'était pas très probant. « Il faut le voir », elle a conclu.

Pour payer sa pension chez ses parents, comme il était de coutume dans la famille puisqu'elle avait quitté définitivement l'école, elle a assuré quelque temps des extras dans les pizzerias et les crêperies des bourgs voisins. Elle rêvait de Paris désormais car elle avait servi des vedettes de la télévision ou de la radio qui skiaient aux Deux-Alpes. « Voilà autre chose », ont dit nos grands-parents. Elle ne voulait plus partir pour créer le manque mais parce que cette vie qui s'offrait à elle dans son petit village l'ennuyait d'avance.

Sylvie, sa sœur, lui a parlé de Philippe, le frère de son mari qui travaillait depuis plusieurs années dans les grands restaurants de la capitale. Notre mère lui a écrit pour lui vanter ses mérites et ses qualités professionnelles. Quelques jours plus tard, il lui a répondu qu'il lui avait trouvé une bonne place dans un bel établissement.

Elle est partie le lendemain. Ses parents pleuraient cette fois encore, mais pas elle.

Elle a trouvé une chambre dans un hôtel près de la rue Molière où était établi le restaurant. Elle ne comprenait rien à la haute gastronomie mais savait rédiger un bon à la perfection et souriait à chaque commande, avec ses canines qui chevauchent ses incisives, ça lui donnait un charme supplémentaire, comme ces filles qui ont une coquetterie dans l'œil.

À Paris, elle a mené la grande vie, celle de l'insouciance. Elle sortait chaque soir pour presque rien, les entrées en discothèque lui étaient offertes. Elle ne buvait que de l'eau, parfois un Orangina. C'est Philippe, celui qui l'avait fait venir, qui la guidait au Palace ou au Whisky Club. Jamais elle n'avait vu tant de lumière, tant de gens beaux, tant de luxe. Elle dansait toute la nuit sur les dernières nouveautés disco, les chansons de Patrick Juvet étaient son régal. Elle apercevait de loin des célébrités, elle les regardait pendant de longues minutes sans qu'elles remarquent rien. Elle aurait rêvé que l'une d'entre elles vienne lui parler, comme ça, tout simplement, et lui demande : « Comment tu vas, Marie-Lou ? »

Les hommes lui proposaient de la drogue ou bien de coucher avec elle. Elle entendait son père la mettre en garde : « Ne va pas te droguer ou coucher avec des garçons ! » De ce qu'elle nous a dit, elle ne s'est jamais droguée.

Le matin, elle allait chez le coiffeur au bas de la rue pour son brushing. Elle dormait entre le service du midi et celui du soir. Elle pensait que ses vingt ans lui allaient bien.

Elle s'est rapprochée de plus en plus de Philippe. Il est devenu son confident. Rien de plus.

Il venait d'une petite commune à sept kilomètres de celle de notre mère. Il la comprenait. Lui aussi avait eu besoin de partir pour vivre la vie qu'il pensait avoir à vivre.

Six mois après son arrivée à Paris, elle est rentrée une première fois chez ses parents. Son père s'est demandé si elle n'était pas déguisée quand elle a débarqué du train avec ses lunettes colorées monumentales, sa fausse fourrure et ses bottes à paillettes. Une star. Une véritable star.

Elle a embrassé son père et l'a serré contre son cœur. Il regardait partout autour de lui pour s'assurer que personne ne le reconnaissait. Ils ont marché vers la voiture, son père dix mètres devant elle. Il n'a pas osé la regarder une seule fois pendant les quinze kilomètres jusqu'à la maison.

Chez elle, ma mère a raconté comme elle l'avait fait à propos des montagnes, devant toute la famille attablée autour de la fille prodigue, sa vie, le restaurant, Paris, les boîtes de nuit de la rue Sainte-Anne dans lesquelles des garçons s'embrassaient sur la bouche. Son petit frère a dit que c'était dégueulasse et notre mère a haussé les épaules en disant que c'était de l'amour, qu'il n'y avait rien de mal à ça. Ses sœurs ont commencé à la surnommer de façon sarcastique « la Parisienne ». Ça lui plaisait.

Elle est retournée à Paris, a recommencé à vivre la belle vie pendant plusieurs mois encore.

Mais un jour, tout s'est arrêté. Fini la belle vie. Fini l'insouciance. Fini les vingt ans.

C'était la semaine du 15 août. Notre mère avait prévu de revenir pour quelques jours de vacances en Bretagne. Philippe, qui rentrait aussi dans sa famille, lui avait proposé de faire la route avec lui, il pouvait la ramener avec la voiture de sa tante qui était gouvernante chez des gens riches. Mais il fallait attendre le 17. Notre mère a dit oui, elle n'était pas à deux jours prêts.

Le 14, elle est allée danser la nuit entière rue Sainte-Anne. En rentrant dans son appartement, elle se sentait fatiguée. Lasse de tout. La seule chose qui l'égayait un petit peu c'était de penser à sa maman. Elle ne pouvait plus attendre pour la retrouver. Elle ne s'est pas couchée. Elle a fait sa valise et elle est montée dans un bus. À Montparnasse, elle a appelé Philippe pour le prévenir qu'elle ne rentrerait pas avec lui finalement, et ensuite ses parents pour leur dire qu'elle arrivait par le prochain train. Elle a ajouté : « J'ai hâte de vous voir. » En attendant l'heure du départ, elle est allée acheter des cadeaux pour tout le monde…

Elle était à peine réveillée dans son lit de gamine quand son père lui a expliqué, deux jours plus tard, tout doucement, avec beaucoup de tendresse, en choisissant bien les mots, ce qui était arrivé : « Il va te falloir du courage, ma fille. » Un étudiant en médecine s'était endormi au volant, sur une route toute droite quelque part en Mayenne, sa voiture était partie sur la gauche. Elle avait heurté frontalement celle de Philippe. Philippe était mort. Il avait vingt-quatre ans.

La veille, ma mère s'était teinte en blonde. Elle l'avait fait sur la recommandation de Philippe. Il pensait que ça la rendrait encore plus belle. Elle ressemblait pour la première fois à ses sœurs.

Elle a assisté aux obsèques avec cette couleur de cheveux. Au moment de bénir le cercueil elle a senti qu'on la poignardait, juste en dessous de l'omoplate. Elle a fait un malaise. Deux hommes qu'elle ne connaissait pas l'ont aidée à quitter l'église en la soutenant. Le lendemain, elle s'est reteinte en brune. Elle n'a plus jamais changé.

Elle est retournée à Paris. Elle ne sortait de sa chambre que pour travailler. Le reste du temps, quand elle ne dormait pas, elle fumait en regardant le plafond et en mettant de la cendre plein son lit. Très vite elle a voulu rentrer chez ses parents. Elle n'en avait plus rien à faire de Paris, des célébrités, des discothèques, des brushings chez le coiffeur et des hommes qui voulaient coucher avec elle. Elle a cherché un moyen de retourner en Bretagne pour une bonne raison. Elle ne voulait pas perdre la face. Derrière les larmes, elle était devenue forte.

Le 2 novembre 1979, notre mère a pris sans le savoir son dernier service au restaurant. C'était un vendredi, le samedi et le dimanche suivants l'établissement fermait comme chaque week-end.

Le même jour, à cinq kilomètres de là, le commissaire principal Broussard montait une opération pour mettre fin à la cavale de l'ennemi public numéro un :

Jacques Mesrine. Il a été abattu par un commando, à quinze heures quinze, porte de Clignancourt.

La nouvelle s'est répandue à toute allure dans Paris. Les commis et les chefs de partie du restaurant ont lâché leurs mises en place du soir et ont pris le métro pour rejoindre la foule des curieux qui s'amassait autour du mort. En partant, ils ont annoncé que Mesrine venait de se faire descendre et que ça tirait de partout en représailles. Notre mère est allée trouver son patron. Elle lui a dit qu'elle ne pouvait plus rester dans une ville aussi dangereuse et qu'elle rentrait en Bretagne. Il a dit qu'il comprenait et que lui aussi serait bien retourné en Côte-d'Or, mais que sa femme, qui était du 14e arrondissement, ne voudrait jamais. Bien sûr, notre mère a promis d'assurer le dernier service aussi bien que les autres.

Notre mère est revenue vivre chez ses parents. Elle s'est inscrite au chômage. Elle a repris la valse des extras et le tango des petits boulots.

Quelque temps après, la nuit était tombée. Il y avait de la brume dans la campagne qui sentait la pierre rêche, la pomme aigre et le feu de cheminée. Le lendemain il y aurait des chanterelles plein les bois. Peut-être aussi des cèpes. Sûrement des coulemelles. Notre mère jouait au flipper dans un bar en compagnie de sa grande sœur Sylvie et de son mari, le frère de Philippe dont le souvenir jamais ne les quittait. Un jeune homme avec un joli nez aquilin et une boucle d'oreilles s'est approché d'elle. Il lui a demandé pourquoi elle était triste. C'était notre père.

Il lui a parlé toute la soirée, lui a offert un diabolo banane-kiwi et un autre, et encore un autre pour que ça ne s'arrête pas. Il l'a complimentée. Il lui a dit qu'elle était belle, il est allé jusqu'à dire que même il n'avait jamais vu de nana aussi belle, et aussi qu'il aimait bien son rire et toutes sortes de choses que l'on dit dans pareil cas. Ça a plu à notre mère. Elle aussi le trouvait beau et gentil, et délicat. Mis à part sa boucle d'oreilles, il était parfait. Mais une boucle d'oreilles, ça se retire. Il l'a invitée à dormir chez lui. Elle a hésité un long moment. Il a insisté, elle a cédé. Elle est montée dans la Peugeot 204. Notre père, pour faire le malin, a dit à notre mère : « Elle est toute neuve, je viens de casser l'autre qui était neuve elle aussi. J'ai fait des tonneaux. Je peux te dire que j'ai eu chaud… »

Et il s'est excusé tout de suite après, en pensant à l'accident de Philippe dont il avait entendu parler car il connaissait la famille de loin. Il l'a avoué longtemps après à notre mère, mais, la première fois qu'il l'a vue dans ce bar, il a pensé qu'elle était sa veuve.

« Tu habites tout seul ? a demandé notre mère.

— Non, pas vraiment… Je suis encore chez mes parents, enfin plus pour longtemps, je vais déménager bientôt. Mais comme je suis beaucoup en mer, c'est plus simple pour le moment.

— Pourquoi tu es en mer ? Tu es dans la marine, tu es militaire ?

— Non, je suis marin-pêcheur… »

Notre mère ne s'en est jamais cachée, elle a été déçue d'apprendre que notre père était pêcheur. C'est un métier qui ne lui plaisait pas. Elle n'avait aucune attirance pour la mer, et elle se voyait mal avoir une relation avec un homme qui sentirait au choix la poiscaille ou bien le savon noir toute sa vie.

Dans la Peugeot 204, notre père a offert une cigarette à notre mère. Il a fait la route le plus lentement possible. C'était toujours ça de gagné si elle finissait par se refuser à lui.

« Tu me charries là… elle s'est exclamée.

— Non, pourquoi ?

— C'est là que tu habites, vraiment ?

— Bah oui, je te l'ai dit, non ? Mon père est le chef de la gendarmerie, il a un logement de fonction, du coup.

— J'y crois pas ! Tu penses que je vais venir dormir à la gendarmerie ? Mais tu rêves, mon grand !

— Allez viens, ne t'en fais pas. Mes vieux pioncent comme des enclumes. Viens, je te promets, ce sera bien ».

Ça l'a fait sourire, tant de culot, tant d'aplomb. Elle ne se rendait pas compte à quel point il était résolu. Elle a cédé, encore une fois. Ils sont entrés dans la petite maison sans faire de bruit et il l'a emmenée dans sa chambre.

Elle s'est réveillée toute seule le matin. Elle s'est dit qu'il était allé chercher les croissants. Une demi-heure plus tard, il n'était toujours pas là. Elle a commencé à entendre du mouvement dans la maison et des gens qui passaient devant la porte, des bruits de salle de bains, elle a senti une odeur de café. Elle a pensé : *mais il est où, ce con ?*

Elle a attendu encore un moment et elle a fini par sortir de la chambre en enfilant ses vêtements de la veille qui sentaient le tabac froid. Elle est descendue et elle a vu une dame qui mangeait une tartine de pain avec de la confiture d'abricots, elle avait le dos bien droit. Notre mère a dit, douce comme le miel : « Bonjour, madame… »

La dame, la mère de notre père, a répondu un bonjour glacial. Elle a bu son café sans en proposer un à notre mère qui s'est précipitée dehors, a traversé la cour de la gendarmerie et est rentrée chez elle, en stop, couverte de honte.

L'après-midi, notre père est venu sonner à sa porte. Notre mère l'a accueilli dehors et lui a dit de se barrer vite fait avant que son père ou ses frangins n'arrivent et lui cassent la gueule, comme il le méritait. Jamais on ne lui avait fait un coup comme ça, jamais, espèce d'enfoiré de merde.

Notre père a répondu qu'il comprenait, qu'il était désolé. Il a dit, tranquille : « Je t'attends dans ma voiture, tu me rejoins quand tu veux. » Ça a décontenancé notre mère qui n'a pas pu s'empêcher de sourire encore une fois et lui a dit qu'il était vraiment gonflé. Elle a refermé la porte.

Notre père a attendu dans la voiture en fumant des clopes et en écoutant la radio, il allumait le moteur de temps en temps pour ne pas se retrouver en rade de batterie. Elle a trouvé ça touchant. Elle a fini par le rejoindre. Il lui a proposé de retourner à la gendarmerie. Ma mère a demandé s'il se foutait d'elle, il a répondu qu'il blaguait.

« Tu étais où ce matin ? elle a demandé.

— J'étais à Saint-Malo. Je suis allé voir mon patron.

— Tu aurais pu me prévenir hier que tu avais un rendez-vous.

— Oui, mais c'était pas prévu. Je suis allé lui donner ma lettre. J'ai démissionné. J'arrête la grande pêche. Je ne veux plus partir loin.

— Et pourquoi ?

— À cause de toi, tiens ! Je veux rester près de toi et, comme on aura des enfants bientôt, je veux les voir grandir. Tu n'imagines pas comme c'est dur de vivre loin de ses mômes et de sa femme. Les anciens à bord prétendent qu'on s'y habitue, mais j'y crois pas, y a qu'à voir leurs têtes quand on fait route pour rentrer, la joie sur leurs visages, c'est pas les mêmes bonshommes.

— T'es complètement dingue », a répondu ma mère.

Le soir, elle est venue dormir de nouveau à la gendarmerie. *Quel malin ce type, il m'a encore eue*, elle a pensé. Et puis elle n'a plus arrêté de le faire. La mère de notre père lui adressait à peine la parole, mais elle s'en fichait car « le petit pêcheur », comme l'appelait sa mère à elle, n'en finissait pas de lui faire tourner la tête.

Notre père a continué de partir pour de longues campagnes tout de même car il fallait bien remplir la marmite. Chaque embarquement était un déchirement. On dit de la mer que c'est dur pour ceux qui restent à terre, mais c'est notre père qui souffrait le plus de l'éloignement. Ça le bouffait. Il alternait avec la pêche côtière, mais l'hauturière payait bien mieux.

Un peu plus d'un an encore et le cortège s'élançait de la mairie vers l'église. Notre père avait tenté de dompter un peu sa tignasse et s'était mis la mèche sur le côté pour l'occasion. Il portait un smoking un peu large prêté par un collègue et avait nettoyé sa boucle d'oreilles avec soin. Notre mère n'a jamais réussi à la lui faire enlever, alors que pour le reste, il lui aurait mangé dans la main.

Notre mère était ravissante. Comme on le sait, ses canines qui chevauchent ses incisives lui donnaient un charme supplémentaire sur les photos. Femme de pêcheur, si on lui avait dit ça un jour.

Grand et fort

Après leur mariage, le plus grand désir de notre mère était de tomber enceinte. Mais ça ne marchait pas. Nos parents ont fini par aller voir des médecins. On ne trouvait pas d'explication. Plus de trois ans qu'ils attendaient. Elle ne pouvait pas s'imaginer ne pas devenir mère. C'était un sujet de tension permanent entre elle et notre père qui lui assurait simplement que ça finirait par arriver. Julien m'a confié qu'elle aurait dit, un jour de colère, à notre père : « T'es jamais là pour me baiser quand il faut ! » Je me demande comment il peut bien savoir ça. J'imagine mal notre mère lui avoir raconté une anecdote comme celle-là, et notre père encore moins.

Il fallait que notre père trouve un moyen d'être là tous les soirs comme il s'y était engagé un peu vite dans la 204 et arrête pour de bon la grande pêche. Il s'est dit que le mieux serait de se faire patron pêcheur. Il gagnerait aussi bien sa vie qu'en haute mer et, même s'il l'abandonnait invariablement en plein milieu de la nuit, il coucherait chaque soir dans le même lit que sa femme.

Notre père en a parlé avec Yvik, celui qui l'avait sauvé de la noyade et qu'il considérait comme son maître. Il lui a proposé de s'associer au début et de racheter ses parts au complet quand le vieux partirait à la retraite, il lui restait sept ou huit ans à tirer. Yvik lui avait tout appris de la pêche côtière quand il faisait la coquille et les casiers à ses côtés, en extra. Il était l'homme que notre père avait le plus aimé après son propre père.

Mais Yvik a répondu non. Il lui conseillait de monter sa propre affaire, son bateau à lui était dépassé, il lui donnerait trop de frais. « Tu passeras plus de temps sur ton bateau que sur ta femme, alors il t'en faut un bon, n'oublie pas ça mon pote, avait dit Yvik. Tu dois faire construire un navire moderne et bien équipé, armé comme il faut. Le bateau d'une vie. » Notre père l'a écouté. Il est allé à la banque pour solliciter un prêt afin de faire construire son bateau et lancer son activité. Il avait pour tout apport le petit héritage de son père, c'était suffisant. Au moment de la succession, notre grand-mère avait donné sa part à chacun de ses deux enfants. Elle avait dit qu'elle se débrouillerait avec le reste et sa pension de réversion. C'était le dernier cadeau de leur père pour les aider dans la vie.

Notre grand-père est mort une nuit de janvier. Une nuit où ça gelait. Notre père avait vingt-trois ans. C'est bien trop jeune, même s'il n'y a pas d'âge, je le sais, pour avoir du chagrin. Il paraît que le verglas a empêché les secours d'arriver à temps. J'ignore si c'est vrai ou si ça fait partie de la légende familiale. Notre père était en Atlantique Nord, sur un des premiers navires-usines.

Avant d'embarquer pour huit semaines, il avait serré notre mère dans ses bras « cinq vraies minutes ».

Il a appris la mort de son père par le capitaine du bateau qui est venu le trouver alors qu'il était sur le pont. Notre père était à cette époque un des plus jeunes maîtres d'équipage de Bretagne. Il était au milieu de ses gars à virer le chalut quand le capitaine lui a dit.

Il n'aurait jamais dû lui annoncer comme ça. C'était inconscient. Pourtant le capitaine savait bien comment on avise des drames des Terriens lorsque l'on est en mer, le moment venu, seul à seul, assis sur la bannette. Mais il ne l'a pas fait.

Notre père aurait pu se blesser gravement, ou pire, blesser un camarade, déconcentré de sa tâche, étourdi qu'il était par la peine qui s'emparait de lui. Jamais plus notre père n'a voulu embarquer avec ce capitaine, un « gros connard », il disait.

Il a été débarqué dans un port en Écosse. Il est rentré le jour des funérailles que la famille avait fait retarder. C'est notre mère qui est venue le chercher à l'aéroport. Je ne sais pas ce qu'ils se sont dit. Je n'ai jamais demandé.

Notre père a tenté pendant des années de faire aimer la mer à sa femme. En la lui racontant, en lui taisant le danger, en inventant des vies plus belles que celles, réelles, qui avaient cours à bord des bateaux. En la lui chantant avec sa voix qu'il savait si jolie. En lui réservant sur sa godaille de belles pièces de turbot ou de saint-pierre qu'il lui cuisinait à chaque débarquement avec une sauce au beurre blanc, la seule qu'il savait préparer. Il n'y est jamais arrivé. C'est *Ar c'hwil* qui y est parvenu.

J'avais quelques semaines seulement quand notre père a insisté pour qu'elle monte avec moi et qu'on aille tous en balade sur *leur* bateau. Pour tisser un lien, pour qu'elle s'attache à lui, ainsi que notre père l'avait fait alors qu'il visitait *Ar c'hwil* sur le petit chantier naval à la moindre occasion. Il n'aurait pas su lui dire, les mots, l'émotion qu'il avait vécus devant un tel spectacle, alors qu'il voyait son canot, par le geste et le savoir-faire des hommes, et par sa volonté, se parer de chêne et d'acier. Il était enchanté.

Notre père est sorti du port en manœuvrant avec précaution, il allait doucement. Il a espéré de toutes ses forces que notre mère ne serait pas malade. Il a mis le cap au nord-ouest et nous sommes partis tous les trois, en famille, sur *Ar c'hwil* qui devait sentir encore bon le vernis. Mon père avait choisi un matin où le plan d'eau était plat comme une galette, un jour de vent d'est, froid mais sec. Notre mère me tenait dans les bras, elle m'avait emmitouflé comme on fait pour les bébés. Notre père nous a pris en photo ; je la regarde en ce moment même : ma mère me tient, elle sourit, elle est belle, à la poupe d'*Ar c'hwil*, avec les dragues flambant neuves dans son dos.

C'était la première fois que notre mère naviguait. Elle a aimé ça. Ou plutôt elle a aimé *Ar c'hwil*, car elle n'a jamais embarqué sur aucun autre bateau, sauf une fois où elle a pris le ferry pour aller en Corse, mais ça n'est pas pareil.

Notre père a continué d'avancer tout doux. Avec les jumelles, il a montré à notre mère l'île de Bréhat. À son tour, il me tenait dans ses bras. Quand j'y pense, il est tout gamin, dix ans de moins que moi aujourd'hui, avec son fils contre le cœur, sa femme dont il était fou, et son canot. Sûr qu'il devait être heureux.

Et pourtant il y a toujours eu comme de la mélancolie dans son regard, celle de l'enfance perdue, et on n'y peut rien, comme quand la ligne casse. On ne rattrape pas le poisson qui s'en va l'hameçon dans la gueule, c'est comme ça. Il a essayé de le cacher pendant longtemps. Nous n'étions dupes de rien avec les frères, mais on n'en parlait pas, ni entre nous ni avec lui.

Il voulait continuer de paraître grand et fort devant ses fils, quitte à en rajouter pour qu'on soit fier de lui, pour que l'on continue à le regarder d'en dessous comme font les gamins. C'était bien ce temps, petit, où le monde nous apparaissait en contre-plongée. Il devait trouver ça moins drôle de voir le monde d'en haut, je pensais. Mais je me trompais. C'était autre chose.

Quand on a parlé longtemps et tard, avant Noël, avec Clément, il m'a confié pour la première fois que lui aussi savait ce regard. Il avait toujours connu notre père comme ça. Il est allé plus loin en disant qu'il ne l'avait jamais vu *vraiment* heureux. Ça m'a paru exagéré car j'avais le sentiment que, quand j'étais gamin, ça allait. Mais peut-être que j'embellis notre histoire. Il a ajouté que papa était un homme dépressif, qu'il fallait « arrêter de se mentir ».

Alors qu'il disait ça, j'ai vu que Clément avait des larmes dans les yeux. Je pensais qu'il allait se retenir de pleurer comme il fait toujours, mais non. Il a explosé en sanglots en disant que c'était atroce d'avoir vécu comme ça, toute sa vie, avec de la peine, et que nous on n'avait rien pu faire pour l'aider, alors qu'on l'aimait comme pas possible.

Clément pleurait comme un bébé. Je n'ai rien dit. Je l'ai seulement pris dans mes bras. C'était la première fois que je tenais mon frère dans mes bras. Je n'ai pas tenté de le consoler. Je pensais que ça lui faisait du bien de laisser couler les larmes. Peut-être que ça m'arrangeait aussi de ne pas me livrer. Il pleurait pour nous deux. Et ça coulait tout le long de ses joues.

À la fin, il s'est mouché et ça a fait un bruit de trompette. C'était un bon prétexte pour arrêter de pleurer et pour sourire. Il m'a demandé de lui servir un verre de calva. Il a dit après l'avoir englouti cul sec et s'être secoué pour faire passer l'alcool :

« Ça, c'est pas une boisson pour les garçons coiffeurs !

— Ouais, bah dis pas ça devant Julien et Jérémy », j'ai répondu.

Ce n'était pas ma meilleure blague.

Aucun de nous trois n'avait pleuré depuis le naufrage. On avait tous lutté contre les sanglots. Je ne suis pas certain que c'était une bonne chose. Mais c'était comme ça. On voulait paraître grands et forts et courageux pour notre mère, j'imagine. On voulait être comme notre père était avec nous. On a fait semblant. Pourtant ça a été difficile. Tellement difficile. Surtout les obsèques. Sans corps. Plus d'un mois après le naufrage.

Nous avions organisé une cérémonie selon la tradition de la croix de proëlla, comme on faisait dans le temps à Ouessant pour les marins disparus en mer. C'est Julien qui a eu l'idée. On ne connaissait pas bien le rituel, on s'est renseigné sur Internet, on a demandé à Yvik des précisions. Un diacre d'une paroisse près de Loctudy qui avait l'habitude est monté pour la messe.

Le corps de notre père a été remplacé par une croix de cire et nous l'avons veillée. Nous avons mis des petites choses dans une boîte. Ni mes frères ni moi n'avons pris la parole pendant la messe. Notre mère non plus. Je l'ai regretté après. Le frère de mon père a lu la première lettre de saint Paul aux Thessaloniciens. Khalid a prononcé un discours bouleversant qui disait tout de l'amitié et du respect d'un homme pour un autre. Ça m'a donné la chair de poule.

Je pensais que l'église serait bondée et elle l'était. Pourtant, nous avions oublié de publier un faire-part de décès dans le journal. Julien a dit que c'était un acte manqué et moi qu'on était vraiment nuls pour les papiers. Avec les frères, on a pensé que notre père était une personne appréciée. On n'en doutait pas.

À la sortie de la messe, des collègues du port nous ont fait la surprise de faire jouer « Amazing Grace » par des sonneurs du bagad de Paimpol. C'est un air que j'adore. Depuis, je ne peux plus l'écouter.

Nous avons payé le coup et le pâté à tout le monde après, dans le bistrot où mon père venait acheter ses cigarettes. Deux jeunes gars que je ne connaissais pas, des pêcheurs, je l'ai su à leurs mains, ont commencé à parler trop fort, on a eu peur que ça dégénère en bagarre. Jérémy leur a demandé de partir. Ils se sont excusés auprès de notre mère avant de s'en aller et se sont mis sur la gueule plus loin sans que personne voie rien.

Les gens ont défilé pour nous dire comme notre père était quelqu'un de bien. Ça nous a fait chaud au cœur car on savait que ça lui aurait fait plaisir que l'on pense cela de lui.

Le vieux Yvik était assis dans un coin entouré d'autres marins. Ils parlaient d'histoires de pêche. Il a fait appeler Clément et il lui a demandé de prendre garde à la mer, elle lui avait volé trop de copains. Clément a promis de faire attention.

Le lendemain, en fin d'après-midi, nous avons emprunté le bateau d'un plaisancier ami de notre père et, avec les frères et Khalid, nous avons fait route en direction de la zone du naufrage pour y déposer une couronne de fleurs et la petite boîte que nous avions lestée de plomb. Clément a pris la barre. Notre mère n'a pas voulu venir avec nous, autant par peur du chagrin que par fidélité à *Ar c'hwil*.

Les gendarmes nous avaient donné le point GPS, mais nous n'en avons pas eu besoin. Khalid connaissait la zone comme sa poche. La mer était magnifique. Nous étions en short et en tee-shirt. Il faisait chaud. Julien a dit qu'avec sa peau de rouquin il allait cramer à cause de la réverbération. C'était impossible d'imaginer que le naufrage ait pu avoir lieu ici. Dans un endroit si paisible. J'ai regardé partout autour de nous, les casiers de notre père n'étaient plus là. Ils avaient été relevés quelques jours après l'accident par des collègues à lui. Les prises avaient été relâchées. Sans ça, ils auraient eu l'impression de détrousser un mort. Tout le matériel avait été déposé et rangé, nickel, près de la criée.

La mer était si belle et si limpide que, malgré la profondeur, on avait l'impression qu'en se concentrant longtemps et comme on patiente, l'été, allongé par terre parmi les herbes qui grattent le cou, pour tenter de voir la voie lactée, on aurait pu deviner *Ar c'hwil*.

Pourtant, nous savions qu'il n'était plus là. La gendarmerie l'avait fait renflouer pour les besoins de l'enquête.

Les premières conclusions avaient établi la non-responsabilité de notre père et de Khalid dans la catastrophe. Le naufrage était dû à « *des circonstances météorologiques soudaines, imprévisibles et exceptionnelles ayant entraîné un phénomène dit de "vague scélérate" dont nulle action en timonerie de la part du patron pêcheur ou de son matelot n'aurait pu en l'état actuel des investigations modifier l'issue* ».

Ar c'hwil reposait depuis dans un autre port que celui de notre père. Nous n'avions pas encore trouvé la force d'aller le voir. C'est bête mais j'avais un peu l'impression de l'abandonner, en le laissant seul sur son quai. Je l'ai dit aux frères et on a décidé d'aller tous ensemble le voir, au retour.

Nous avons fait couler la petite boîte et lancé la couronne de fleurs au milieu desquelles notre mère avait fixé une photo de nous tous entourant notre père sur le pont d'*Ar c'hwil*. J'avais six ans. Sur l'image je fais un V avec les doigts en fermant un œil pour me faire remarquer. Notre mère a placé ses mains autour des épaules de Julien. Clément, encore bébé, est dans les bras de notre père tout sourire. C'est Tristan qui avait pris la photo. Quand mon père lui avait demandé si c'était bon, il avait répondu à coup sûr : « Impeccable. »

Alors que j'écris ces lignes, je viens d'envoyer la photo à Clément par SMS. J'ai dit : « Regarde, tu vois bien que papa a été heureux. »

Il me répond à l'instant par un *smiley* avec des cœurs à la place des yeux.

J'ai vu mon père heureux d'autres fois, et je crois que Clément se trompe, ou du moins qu'il noircit le trait quand il dit qu'il n'a jamais vu notre père vraiment heureux.

Il y a un jour en particulier. J'ai demandé à Clément s'il s'en souvenait, s'il était d'accord avec moi. Il a répondu : « Oui, c'est vrai, tu as raison. Il était heureux, ce jour-là. Sers-moi un autre verre de calva. »

C'était le jour de mon mariage. Un de mes témoins, qui est sommelier, avait apporté un superbe blanc pour le vin de messe. Un jus d'une profondeur de goût et d'une complexité à se damner, la cuvée Les Chalasses Marnes Bleues de chez Jean-François Ganevat, en magnum. J'ai bien cru que le curé ne nous en laisserait pas une goutte dans le calice, et glou, et glou, et glou, il faisait le curé, les coudes écartés et le menton vers le haut au moment de la communion. Julien était assis au premier rang. Nos regards se sont croisés, il m'a fait un clin d'œil et une mimique comme pour dire « sacrée descente le curé ! » et je n'ai pas pu m'empêcher de rigoler.

On a terminé le magnum au début du repas, avec nos témoins, les sœurs de Mathilde et mes frères assis près de nous. Notre père a quitté sa table pour nous rejoindre un instant. Il a posé sa main sur mon épaule, il m'a tendu son verre et a dit : « Tu vas quand même payer un coup de bon à ton père, pas vrai ? » Je l'ai servi et il m'a embrassé de tout son cœur. Mathilde nous regardait. Elle nous a trouvés beaux. Elle me l'a dit après.

Julien, qui était assis à ma gauche, a balancé dans un éclat de rire : « Et moi alors ! » Je l'ai servi lui aussi. Il a fait claquer sa langue contre son palais après avoir pris une longue goulée de ce vin délicieux. Dans un grand geste, il a posé le verre vide sur la table et a balancé : « C'est toujours ça que les Boches n'auront pas ! » et notre père l'a embrassé lui aussi. Et il est allé embrasser Clément, et il en a profité pour embrasser Jérémy, Fanny et Mathilde. Ça oui, il était heureux.

Je ne l'ai jamais dit, pas même à Clément pendant notre conversation d'avant le réveillon, mais le lendemain de mon mariage j'ai croisé mon père dans l'escalier du château que nous avions loué pour l'occasion. Il était deux marches au-dessus de moi et, pour la première fois depuis mes quinze ans, j'étais plus petit que lui. Il s'est penché vers moi, il m'a pris dans ses bras et il a dit : « Je vais me reprendre en main, pour toi et tes frères, et pour ta mère. Je t'aime. » C'était la première fois qu'il fendait l'armure. Il avait dû considérer que j'étais en âge de comprendre, qu'il n'avait plus besoin de faire semblant. Il ne s'est pas repris en main. Mais sur le coup j'y ai cru et ça m'a fait plaisir.

La mort de son père. Pour moi, c'était la raison du mal-être du nôtre. Pourtant, il ne nous parlait presque jamais de lui. Je sais seulement que mon grand-père avait fait la guerre d'Algérie. Il l'avait prise en marche aussitôt incorporé à la gendarmerie. À cause d'elle, il n'avait vu son fils, notre père, que quatre ou cinq fois pendant les premières années de sa vie. Notre grand-père avait essayé toute sa courte existence de rattraper le temps perdu là-bas. C'était à peu près tout. Notre père n'avait jamais réussi à nous faire entendre la voix du sien, son accent, ni à nous faire sentir l'odeur de son après-rasage. Il ne nous avait jamais donné à voir ses sourires et ses colères. Si bien que notre grand-père était un inconnu pour nous.

Un soir, pas longtemps après le mariage, je lui ai envoyé un message pour lui demander de me parler un peu de notre grand-père, la prochaine fois que l'on se verrait. Ça m'avait demandé du courage. Il m'a répondu : « Oui, si tu veux. » Rien de plus. Et deux heures après, j'ai reçu un autre message de lui. C'était écrit : « N'oublie pas que c'était le meilleur des hommes. » Ça m'a rendu triste. Plus que ça même. Ça m'a exaspéré. Trente ans après, il continuait de se trimballer avec son mort alors qu'il y a tant de vivants. C'est d'eux qu'il faut prendre soin. C'est à eux qu'il faut penser. Je lui ai répondu que ce n'était pas vrai et que le meilleur des hommes c'était Marcel, mon fils. Il n'a pas répondu. Qu'est-ce qu'il aurait pu répondre à ça ? Rien, bien entendu.

Il regrettait de ne jamais être allé boire un verre en tête à tête avec son père, « entre hommes ». Il nous l'avait dit un jour, comme ça, en passant… On lui avait proposé de le faire ensemble, avec Julien et Clément. On lui offrait trois fils pour le prix d'un père. Pour nous, il était gagnant. Mais il avait répondu que ça ne serait pas la même chose. Car dans ces moments-là ce n'était pas d'un fils, ou de trois, qu'il avait besoin. Mais des yeux de son père. Et il nous assurait que nous comprendrions quand nous aurions un fils.

J'ai eu un fils.

Mais je n'ai pas compris pour autant. Ce qu'aurait dû dire notre père, c'est que nous comprendrions quand lui serait mort. Il aurait eu raison. Nous savons ce qu'est le manque maintenant. Mais je ne vais pas me balader toute ma vie avec lui, et Julien non plus. Et Clément non plus. Non ne voulons pas être comme notre père. Nous voulons être plus forts que lui.

Clément va avoir une petite fille. Il nous l'a appris le matin de Noël. On finissait le petit déjeuner quand il s'est levé et qu'il a dit, d'un coup, comme ça : « Bon, je vais être papa et Fanny va être maman. On est super heureux… » Notre mère a dit : « Oh formidable ! » C'est comme si, tout à coup, la vie était revenue, qu'elle avait ouvert en grand et sans prévenir la vieille porte fatiguée de la maison et nous avait donné de l'air.

Nous avons laissé derrière nous la couronne de fleurs avec la photo au milieu. La petite boîte avait coulé depuis longtemps. Nous ne sommes jamais revenus.

Le front de Julien commençait à être rouge malgré les trois centimètres de crème solaire qu'il s'était étalés sur le visage. Clément a fait route à bloc pour rentrer. Avec les 250 chevaux au cul du bateau ça a été rapide. Nous avons rendu les clés au copain et nous sommes allés boire une bière à la sortie du port. Khalid a serré la main à quelques gars. Personne n'a osé nous parler de notre père ou du naufrage, mais on sentait que, dans notre dos, les gens ne causaient que de ça. On a calé nos bières et Julien a dit : « Bon, faut y aller les gars. » Même s'il est plus jeune que moi, Julien est celui qui a le plus d'autorité sur nous tous. Nous sommes montés dans sa grosse bagnole *made in Switzerland* et il a conduit jusqu'au quai où la gendarmerie avait installé *Ar c'hwil*.

Il commençait à faire sombre. Nous l'avons vu au loin, à sec, posé sur ses bers de stockage. Hors de l'eau, il paraissait gigantesque le petit bateau de notre père. Il y avait d'autres coquilliers près de lui. J'ai pensé à un cimetière d'éléphants. Julien est sorti en premier de la voiture. Il marchait devant nous pour nous donner du courage. Quel mec, mon petit frère et son « bras qui était cassé ».

Il a atteint *Ar c'hwil*, a levé la tête, l'a regardé quelques secondes. Il a passé sa main sur l'étrave. J'ai fait la même chose, et Clément aussi, et Khalid aussi. Ce n'était pas pour sentir le chêne et l'acier ou pour éprouver sa force, ou pour nous attacher à lui, comme l'avait fait notre père au début. Nos mains qui le caressaient, c'était pour le rassurer, pour lui dire en silence que nous étions là, que ça irait. Que nous partagions sa peine. Que l'on ferait face.

Khalid est monté sur le pont désarmé. Il en a fait le tour. Il a observé son compagnon blessé. Le radar et le feu de mât n'étaient plus là. Ils avaient été arrachés par la vague en même temps que la partie bâbord de la timonerie. Hormis cela et quelques coulures de rouille, *Ar c'hwil* était comme Khalid l'avait toujours connu. Comme nous l'avions toujours connu. On avait l'impression qu'il aurait pu repartir dès le lendemain se dandiner sur la mer.

Khalid s'est assis. Il a dit : « Venez les garçons, montez. » Julien l'a rejoint, et puis moi, et puis Clément. Je me suis mis face à la barre polie pendant trente-cinq ans par les mains épaisses, fortes et rêches de notre père, mais je n'ai pas osé la toucher.

Clément s'est assis près de Khalid qui lui a tapé sur la cuisse en signe d'affection et de complicité. Il lui a dit : « C'était un sacré pêcheur, ton père. » Clément a souri et il a commencé à chanter « Kalikoko ». Nous l'avons accompagné après le premier refrain. À la fin, on s'est allongés tous les quatre. Nous avons regardé le ciel. Nous n'avons plus rien dit. On a attendu l'arrivée des étoiles.

À Kersaint

Il claudiquait. C'est Julien qui me l'a fait remarquer, « Il boitait, Quasimodo ? » il m'a demandé en me faisant un clin d'œil. J'ai souri sans répondre.

On se demandait ce qu'il nous voulait. Notre mère nous avait mis un message sur notre « groupe secret » Facebook, celui que l'on ne partageait qu'avec elle, mes frères, Mathilde, Jérémy et Fanny, pour se donner des nouvelles et raconter des conneries.

Elle avait écrit qu'un homme qu'elle ne connaissait pas désirait nous rencontrer pour nous parler de notre père. Il avait « des choses importantes » à nous dire, c'est ce qu'il lui avait affirmé au téléphone. Il voulait que l'on soit tous réunis. Il pouvait attendre, mais il fallait que l'on soit tous là, il avait insisté sur ce point.

Notre mère nous avait écrit qu'il s'appelait « Benoît Notre-Dame », on avait à peine lu son nom que c'était parti pour la soirée à faire des vannes sur Quasimodo et Esmeralda. On se demandait s'il était bossu ou s'il allait se pointer avec une chèvre et un tambourin. On l'a *googleisé*, mais on n'a rien trouvé sur lui.

Notre mère a proposé à Benoît Notre-Dame de venir à Kersaint un mois plus tard, on y serait tous réunis pour fêter mes trente-cinq ans avec deux jours d'avance. Mon anniversaire tombait le lundi, et le week-end suivant, Julien devait être en Chine pour le boulot. Il paraît que ça ne se fait pas de fêter un anniversaire en avance, que ça porte malheur. Peut-être que c'est vrai.

En attendant, j'ai commencé à me demander ce qu'il pouvait avoir à nous dire de si important sur notre père. Un moment, j'ai pensé aux peurs enfantines de ma mère : peut-être allait-il annoncer que mon père n'était pas le mien ! Que c'était lui, tant qu'à faire ! Je me voyais mal être le fils de « Benoît Notre-Dame » tout de même.

Je me suis rassuré en pensant à ma tache de naissance sur le flanc, que portait également mon père, et à celle de Julien, qu'il a sur la main mais qui y ressemble beaucoup. Ce genre de détails ne trompe pas. En revanche, je ne connaissais aucune tache de naissance sur le corps de Clément… et s'il était son fils illégitime ?

Notre mère aurait-elle pu tromper notre père ? Si ça avait été le cas, ça m'aurait étonné qu'elle nous l'avoue après sa mort. Du reste, elle nous avait dit qu'elle ne connaissait pas Benoît Notre-Dame, pourquoi mentir à ce sujet si c'était pour nous dire ensuite qu'elle avait eu un enfant avec lui ? Bien entendu, je ne voudrais pas idéaliser leur couple, mais je voyais mal mes parents courir les boîtes à partouzes et ma mère tomber enceinte d'un inconnu…

J'ai pensé que ça pourrait faire un bon sketch et j'ai commencé à l'écrire.

C'est Mathilde qui a soumis l'idée en plaisantant seulement à moitié que c'était peut-être le contraire et que cet homme aurait pu être l'amant de notre père.

« Tu parles d'un scoop ! » elle a fait, contente de sa bêtise. Elle a ouvert la bouche et les yeux en grand et elle a ajouté : « Hein, hein, hein : révélation !

— Tu crois ? j'ai surenchéri.

— J'ai toujours su que ton père cachait quelque chose. Maintenant ça me paraît clair, il était pédé, le Jeannot !

— Mais oui, c'est ça, en plus il adorait Coldplay ! Il avait le disque caché dans sa boîte à gants, juste à côté de celui de Nicole Croisille. Tout s'éclaire ! Trente-cinq ans à ses côtés et on croit qu'on connaît l'homme de sa vie… ah misère. »

Mathilde a commencé à chanter « Parlez-moi de lui », mais dans la version de Chimène Badi, un peu gospel, je l'ai accompagnée en canon. On a bien ri. À la fin, Mathilde m'a embrassé. Elle adore quand on chante tous les deux.

Nous avons rencontré Benoît Notre-Dame pour la première fois le samedi 2 février. Ma mère lui avait dit de venir pour le café. Il est arrivé à quinze heures piles. Nous étions assis à la grande table.

La voiture est passée sous l'arche en pierre et s'est garée derrière le camion de Fanny. Benoît Notre-Dame a toqué à la vieille porte qui avait gonflé à cause de l'humidité, j'avais peur de forcer en l'ouvrant et de la casser. J'ai demandé à Benoît Notre-Dame de faire le tour, comme on le faisait tous, l'hiver, et d'entrer par le garage.

Je suis allé l'accueillir. Il a tendu sa main vers moi, elle tremblait. Il s'est présenté. Il a dit, la voix rendue tremblante non pas par la timidité, mais par l'émotion : « Benoît Notre-Dame, enchanté. »

Je l'ai fait entrer dans la maison. Il a serré la main à tout le monde, en répétant son prénom et son nom à chaque fois. On voyait qu'il était impressionné de nous voir tous ainsi attablés à attendre ce qu'il avait à dire sur notre père. J'ai demandé à Marcel de venir lui dire bonjour, Marcel a tendu la joue, Benoît Notre-Dame a été surpris, il lui a fait une bise sans réfléchir. Louise faisait la sieste.

Notre mère a proposé un café. Benoît Notre-Dame a dit : « Volontiers, madame, merci. » Il s'est assis, nous a dit que la vue était incroyable, qu'il n'en avait jamais vu de si belle. J'ai répondu que j'étais bien d'accord. « Voir la mer, ça fait toujours quelque chose. Vous avez de la chance de vous retrouver dans pareil endroit », il a ajouté. Il mettait du temps entre les phrases. Comme s'il prenait la mesure de chaque mot qu'il prononçait. Comme s'il les arpentait, avec sa patte folle.

On lui a fait savoir que Clément allait arriver dans les minutes à venir, il était en route. Il avait déjà débarqué sa pêche au vivier. Benoît Notre-Dame a demandé s'il pouvait attendre que Clément soit là pour nous parler. Ma mère a répondu que oui bien sûr, c'est ce qui était convenu. On a bu nos cafés en discutant de sujets sans importance, gênés par la présence de cet homme qui ne disait rien et regardait la mer.

Clément est arrivé. Il a déboulé comme toujours, comme une tornade, avec Kalikoko à sa suite. Il a serré la main de Benoît Notre-Dame et a fait le tour de la table pour embrasser tout le monde. Ses joues étaient froides.

« Ça a bossé ? a demandé Fanny

— Non, pas terrible, il a répondu.

— On vous écoute », a dit Julien à Benoît Notre-Dame. Et Benoît Notre-Dame a commencé à causer.

Benoît Notre-Dame

« Je vais essayer d'y aller d'une traite. Comme on fait avaler du sirop aux gamins. Ma mère me faisait me boucher le nez en même temps. Soi-disant que ça passait mieux comme ça.

« Si vous avez des questions, je vous demande d'attendre la fin s'il vous plaît. Sinon je vais perdre le fil, c'est sûr. Je ne suis pas plus bête qu'un autre mais je n'ai pas bien l'habitude de parler devant des gens. Je suis impressionné d'être là. Je ne vais pas vous le cacher. Je me doutais que ça me ferait ça.

« J'ai écrit ce que je veux vous dire pour m'aider. Pour être certain de ne rien oublier. Rien, c'est vite dit. Disons, rien d'important. J'ai fait ça pendant un mois. Depuis que je sais que je vous vois. Je n'ai jamais autant écrit de toute ma vie. Je tape à deux doigts sur l'ordinateur, ça ne va pas vite. Mais même en écrivant j'ai sûrement oublié des trucs. J'oublie tout le temps des trucs. Et le pire c'est que j'ai oublié mes feuilles avant de venir ! J'étais à cinquante kilomètres de Brest quand je m'en suis aperçu. J'ai hésité à faire demi-tour.

Mais ça m'aurait pris trop de temps. Je ne voulais pas repousser notre rendez-vous.

« Je vais réciter de mémoire, comme je le peux. Je vous demande pardon d'avance si ça vous fait du mal ce que je vais vous dire. Et si vous êtes au courant de ce que je vais vous dire, je crois que c'est à vous de me demander pardon de m'avoir laissé dans la nuit. Encore que, peut-être que vous n'y êtes pour rien. Et que vous n'avez pas à me demander pardon… Ah bon Dieu, il ne faut pas que je pleure !

« Je m'appelle donc Benoît Notre-Dame, comme la cathédrale, tout pareil, avec un tiret entre "Notre" et "Dame". Vous avez dû vous faire la réflexion. Non ? Ah bon ! C'est certain que je me suis fait pas mal embêter avec mon nom, à l'école. Et encore, j'ai eu de la chance que la comédie musicale n'existait pas à l'époque. J'adore la variété française, je n'écoute que ça. Mais la comédie musicale avec Garou, c'est sûr qu'à l'école ça m'aurait fait encore plus de mal. Les gamins sont terribles. Je prévenais toujours les professeurs qu'ils fassent bien attention qu'on n'embête pas mes filles avec notre nom. Moi, on me surnommait Quasimodo quand j'étais môme. Ce sont des choses qui marquent.

« Je n'ai jamais eu de grand frère pour me défendre. Vous deviez le faire entre vous. J'aurais adoré avoir un grand frère, comme dans la chanson de Maxime Le Forestier, vous savez : "Toi, le frère que je n'ai jamais eu, sais-tu si tu avais vécu ce que nous aurions fait ensemble." Vous voyez ? Cela dit, lui aussi ce serait sûrement fait emmerder sur son nom. Il lui aurait fallu un grand frère pour le défendre. Et ainsi de suite.

« J'en viens à mon affaire. Après-demain, le 4 février, ça fera vingt-cinq ans que je vous cherche. Ou plutôt que je cherche votre mari, madame, et votre père à vous, les garçons. Ça me fait bizarre de voir sa famille. Je vais me permettre de vous tutoyer si ça ne vous dérange pas. Parce que votre père j'ai l'impression de le connaître. Même si je ne l'ai jamais vu. Enfin si, je l'ai vu une fois, il y a une quinzaine d'années. Mais j'ai presque tout oublié de son visage. Il est devenu comme un vieux copain avec le temps. Ou plutôt comme une vieille connaissance. Il ne faut pas exagérer non plus. Il a marqué ma vie, et pour cause.

« Est-ce que je peux vous demander une photo de lui, s'il vous plaît ? J'ai cherché sur Internet mais je n'ai rien trouvé. Je ne suis pas un champion de l'informatique… Merci.

« Ah oui, non, c'est sûr, c'est bien lui que j'ai vu. Il n'y a pas de doute. Il a un nez d'aigle, un peu, je m'étais fait la réflexion. Il a pris un petit coup de vieux par rapport à mon souvenir, si vous me permettez. Je ne veux pas que vous pensiez que je vous manque de respect. Et à lui encore moins. Il était bien baraqué. Une vie de travail, voilà ce que ça donne. Il n'avait pas l'air d'être un mauvais gars. Ça, je le savais. Il n'a pas eu de bol, en somme. Et moi non plus. Un jour, je vous demanderai peut-être de me faire entendre le son de sa voix si vous voulez bien. Mais pas maintenant. C'est trop intime.

« C'est son bateau, c'est ça, celui qui a coulé ? On prononce comment ? *Archouil* ? *Arouil* ? *Arwil* tout simplement… Je ne parle pas un mot de breton. Mis à part *kenavo*, comme tout le monde. Pardon pour les larmes, mais j'attends depuis si longtemps. Je vais faire attention. Ça aurait été quand même plus simple avec mes feuilles.

« Donc, Benoît Notre-Dame, j'ai cinquante-quatre ans. Je vais me permettre de vous parler de moi, un peu, parce que sans ça vous n'allez pas bien comprendre. Vous seriez tentés de me considérer comme un allumé, comme un siphonné de la caisse. Je ne voudrais pas qu'on me prenne pour un fou. Même si j'ai bien conscience que je dois vous faire un peu peur avec mes mystères.

« J'ai vu que tu avais regardé mes mains qui tremblent quand je suis entré. Je garde ça de mon histoire avec l'alcool. L'alcool c'est mon mal. Je n'en ai pas honte. C'est juste que je suis moins fort que l'alcool. Ou bien que l'alcool est plus fort que moi. Je ne sais pas trop la différence, mais c'est de cet ordre-là. Pourtant je lutte. Je jure sur la tête de mes filles que je lutte. Il ne faut pas avoir peur de moi. Je vous promets que je suis quelqu'un de bien. J'ai mes faiblesses et mes démons, comme tout le monde. Je fais ce que je peux. C'est sûr que ce n'est pas facile. Je n'ai jamais fait de mal à une mouche. Pourtant j'aurais pu. Mais je ne crois pas que j'en aurais été capable de toute façon. Vous allez comprendre.

« Je suis travailleur handicapé. "Cotorep" comme on disait dans le temps. Ce n'était pas un titre de gloire. Je suis né dans une petite ville de l'Eure qui s'appelle Bernay. C'est entre Évreux et Lisieux. Plus près d'Évreux. Mais j'ai aussi de la famille en Dordogne. Je ne connais pas du tout. Je n'ai jamais eu la curiosité d'y aller. Il paraît que c'est joli.

« On m'a prénommé Benoît en hommage à mon arrière-grand-père paternel. Il est mort en 1917. Il a été fusillé pour l'exemple car il s'était mutiné avec des camarades. Mais c'était tabou. Le secret de famille, vous voyez un peu… Mon grand-père qui s'appelait Baptistin était donc orphelin de guerre. Ce n'était pas le seul de la commune. Il a été élevé par sa mère, veuve à vingt-sept ans, ce n'était pas la seule de la commune non plus, et par un autre homme qu'il a toujours appelé papa.

« Je ne l'ai pas connu, cet homme-là. Mon papi Baptistin je l'ai beaucoup aimé. C'est lui qui m'a élevé pendant plusieurs années avec ma mère après que mon père est mort dans un accident agricole. Ils sont tous dans l'agriculture dans ma famille, que ce soit du côté de ma mère ou de celui de mon père. Des gens de terre comme il y a des gens de mer. Je crois qu'on est un peu pareils, vous et nous, il n'y a que le sable et les galets qui nous séparent. Les talus, il n'y en a plus guère.

« C'est la folie du monde ou bien la stupidité des hommes qui fait qu'on se retrouve à la même table cet après-midi. On n'aurait jamais dû se rencontrer. Ça donne le vertige quand on pense à tout ce qu'il a fallu de circonstances pour qu'on partage ce café. Pour que je vienne vous voir et que vous m'écoutiez cracher ma Valda. Pour que je fasse la bise à ce petit garçon-là. Il est drôlement mignon d'ailleurs. Bravo bonhomme. Faut être bien sage, et travailler à l'école.

« Mon père a glissé du toit de sa grange. Il a atterri sur la dalle de ciment qu'il avait coulée pas longtemps avant. Tué net. J'avais quatre ans. Ce serait mentir que de dire que je me souviens de lui. Et ma mère ne m'en parlait pas beaucoup. Papi Baptistin l'a remplacé comme il a pu. Orphelins de père dès l'enfance qu'on était tous les deux. C'est ahurissant comme l'histoire peut se répéter.

« La famille de mon père avait une assez bonne situation. Ils ont commencé plus ou moins comme métayers pour des nobles, année après année ils ont acheté de la terre. Ils se sont construit leur petit patrimoine comme ça. Ils ont tout fait pourvu que ça se récoltait, que ça se cueillait ou que ça se saignait. La polyculture au début, puis les poules pas mal, même les biquettes pour le fromage, et les fleurs. Ils se sont spécialisés dans les vaches laitières au début des années 1980. C'est ce qu'ils font toujours aujourd'hui. Ils vendent leur lait à la coopérative du coin, ça fait du beurre de Normandie. Les affaires ont toujours pas trop mal marché, même s'ils se plaignent tout le temps.

« Ma mère a refait sa vie avec le voisin d'à côté, un vieux gars qui avait aussi une ferme. Ils ont tout mis en commun. J'avais déjà douze ans. J'ai deux petites sœurs nées de cette union. L'aînée a repris l'exploitation avec son mari. Je suis très proche de mes sœurs et de ma mère qui n'est plus toute jeune comme vous vous en doutez. Elles m'ont beaucoup aidé, pendant mes enfers.

« Du côté de ma mère, ils étaient agriculteurs eux aussi, mais pauvres. Depuis le catéchisme, mon père pensait souvent à la petite Perrine, la fille Rouvière, ma mère, de la ferme toute de guingois sur la route de Caorches-Saint-Nicolas. Il n'avait pas le droit de la regarder, sous peine de se faire cogner par le curé, bête à manger du foin debout, franc comme un âne qui recule. Dans le village, on appelait les Rouvière "les pauvres gens". Parce que c'est une famille qui était marquée par le malheur. Ma mère m'a raconté que ça en faisait même peur à mon papa, tant de galères, c'est dire.

« Le père de ma mère s'appelait Ferdinand-Marie. Il est mort en juin 1940, pendant la débâcle, dans un accident lui aussi. Décidément on se demande ce qu'ils ont les pères, à toujours mourir, c'est vrai, non ? Des chevaux se sont emballés. On n'a rien pu faire pour les calmer. Ils ont rué dans les brancards. Ferdinand-Marie est passé sous les roues de la remorque. Il a cassé sa pipe. Il était veuf d'une première noce depuis que sa jeune épouse était morte en couches, en donnant la vie à ma vieille tante Cécile. C'était leur deuxième enfant. L'accident a laissé les six enfants de son second mariage tout aussi orphelins de père que les deux premiers. Ma mère avait sept ans je crois. Oui c'est ça, sept ans, puisqu'elle est de 1933. Elle a veillé son père avec sa mère, ses frères et ses sœurs. Des bombes ont été larguées pas loin. Ça a projeté des éclats jusque sur le lit du mort. C'est ce qui a le plus choqué ma mère. Qu'on tue son père une seconde fois. Vous imaginez la difficulté à survivre ensuite ?

« Sa mère, ma grand-mère, a continué de s'occuper des huit enfants. Pas le choix. Chacun aidait du mieux qu'il pouvait à la ferme. Un jour, j'ai demandé à ma mère s'ils avaient eu faim. Elle a mis du temps à répondre. Finalement elle a dit, en baissant les yeux : "Oui, nous avons eu faim, c'était très dur."

« Je vous raconte tout ça alors que je ne l'avais même pas noté sur mes feuilles. J'ai la pensée qui divague.

Je me sens tout chose à vous parler de ce temps-là. Un temps que je n'ai pas connu mais qui vit en moi par ce qu'on m'en a transmis. Je me confie à vous alors que même à mes filles je n'en dis pas autant. Elles ne me demandent pas, faut dire.

« J'ai deux filles. Apolline, l'aînée, et Julie, la cadette. Je vous montre une photo. Attendez une seconde, je ne suis pas un champion en informatique mais avec mon téléphone je me débrouille. C'est vrai qu'elles sont grandes maintenant. Elles ont dans vos âges, mais lorsque je pense à elles, je me dis toujours “mes petites filles”. Je suis sûr que ça te fait la même chose quand tu penses à tes garçons ? Eh oui, on est tous pareils quand il s'agit de nos enfants.

« J'ai eu Apolline à un peu plus de vingt ans et Julie presque dans la foulée. Elles ont toujours bien travaillé à l'école. Elles avaient plutôt intérêt. L'école c'était le plus important pour leur mère et moi. Je leur disais : “Il faut être dans les trois premières, vous vous débrouillez comme vous voulez.” Elles l'étaient.

« Je n'ai pas eu à hausser le ton avec elles. Pas besoin. Je crois qu'elles ne m'ont jamais entendu gueuler de toute leur vie. Râler, oui, mais gueuler, jamais.

« Comme on ne peut pas être premier partout, elles avaient le droit d'être mauvaises en dessin et en musique. Mais même dans ces deux matières elles étaient douées. Elles avaient le syndrome de la bonne élève. Fallait faire plaisir aux professeurs. Fallait faire plaisir à leur maman. Fallait faire plaisir à leur petit papa.

« L'aînée a fait Sciences-Po, à Paris. Une tête. Elle vit à Boston, aux États-Unis, avec son compagnon qui est ingénieur. La cadette est à Paris, elle travaille chez

Ernst and Young. C'est une énorme boîte, dans une grande tour de la Défense, avec une flèche si haute qu'on dirait qu'elle pique les fesses du ciel.

« Je les vois moins que j'aimerais. Ce n'est pourtant pas compliqué d'aller à Paris, mais je ne veux pas déranger Julie. Et pour Boston, même si je suis sevré, j'ai peur d'avoir une crise de manque pendant le vol. J'ai fait un *delirium tremens* il y a plusieurs années. Je ne souhaite à personne de connaître ça. Et puis il faut bien qu'elles vivent leurs vies. C'est ce que je me dis. On ne fait pas les enfants pour soi, me répétait leur mère. Je me demande ce qu'on fait pour soi, au final.

« En ce qui me concerne, il n'a jamais été question de reprendre la ferme familiale. C'est quelque chose que je ne me voyais pas faire, même si je n'ai jamais rechigné à donner un coup de main. Gamin, j'ai bossé dur. Je crois que j'ai été dégoûté de cette vie de force. Je n'aurais jamais pu être pêcheur non plus, par exemple.

« Quand ma mère s'est remariée, mon beau-père a pris le relais des corvées à la ferme. Papi Baptistin a pu enfin aller taquiner les goujons et moi j'ai commencé à courir partout dans la campagne, je ne demandais pas mieux. Il avait des moyens le beau-père, et les tâcherons qui allaient avec.

« Depuis gamin j'avais toujours été le meilleur dans tous les sports. Autant la grammaire et l'orthographe je n'ai jamais été un crack, mais alors le 800 et le 1 500, j'étais une bête. Une vraie bête. Vous l'auriez vu courir, Quasimodo ! J'aimais ça si fort.

« Vous courez un peu, vous ? Non ? Même pas un petit footing de temps en temps ? Vous savez, quand on court c'est étrange. C'est comme une sorte d'hypnose. Comme si on sortait de son propre corps. C'est comme si on se regardait. Comme si on était le spectateur de sa propre vie, si je peux utiliser des grands mots. C'est un beau spectacle car on se sent fort. Invulnérable. On transforme la douleur en plaisir. C'est une sensation de bien-être totale. J'appelais ça l'allégresse, mais ma fille m'a dit que ce n'était pas le bon mot… Il fallait plutôt parler d'euphorie. Ce sont les hormones que l'on produit dans l'effort qui sont responsables de ça, m'a dit mon gendre. Il faut toujours qu'il explique les choses par la science.

« Fin 2005, j'ai reçu le livre *L'Homme aux semelles de vent* écrit par un gars qui s'appelle Michel Le Bris, vous connaissez ? C'est un Breton, tout comme vous. Il est né pas loin d'ici, à Plougasnou. Je me suis renseigné à son sujet sur Wikipédia, je peux passer des heures là-dessus.

« Je ne l'ai jamais lu son livre, je ne pouvais pas. Les autres oui, mais celui-là, non. Par la faute du titre. Car c'est comme ça que je me sentais quand je courais. J'étais l'homme aux semelles de vent. Rien de plus. Rien de moins. Peut-être que je vais trouver la force de le lire en rentrant. Je vois exactement où il est dans la bibliothèque. Si je réussis, je le dirai à mes filles. Elles seront bien contentes.

« Apolline, ma grande, m'a dit que c'était le surnom de Rimbaud. J'ai appris *Le Dormeur du val*, à l'école. "Tranquille. Il a deux trous rouges au côté droit." Je me souviens encore de la fin. J'avais un copain qui connaissait *Le Bateau ivre* par cœur. C'était sa fierté. Un flic qui récitait *Le Bateau ivre* en entier, c'est vrai que ce n'était pas banal. *Le Bateau ivre*… tu parles d'une ironie de l'histoire. Vous allez comprendre pourquoi je dis ça.

« J'en reviens au demi-fond, deux minutes. J'ai eu le record minime de Normandie du 1 000 mètres pendant plus de dix ans, en 2'36''1. Celui du 800 mètres cadet pendant dix-neuf ans en 1'54'' tout rond. Et j'ai eu celui du 1 500 mètres junior en 3'49''99 jusqu'en 1990, battu par Abdel-Kader Chékhémani qui a été champion de France sur la même distance par la suite. Il ne m'a battu que de treize centièmes et son record tient toujours. Sans lui, je l'aurais encore. J'étais une bête. Une vraie bête. Y a pas d'autre mot. Vous auriez vu les compétitions ! Les parents et les entraîneurs derrière les barrières. La tension. Les vivats. L'extase à la ligne passée en premier. C'est comme si on avait inventé le sport rien que pour moi.

« J'ai fait les championnats de France junior à Bordeaux en 1983. C'était la première fois que je prenais le train. J'avais déjà quitté l'Eure pour des courses régionales quelques fois, mais jamais la Normandie. On ne voyageait pas comme maintenant. C'était une autre époque. Pourtant ça ne me paraît pas si loin. J'ai fini sixième du 1 500 mètres, mais j'avais une angine. Je pense que j'avais les cannes pour accrocher le podium. Ça a été une énorme déception. J'aurais voulu rapporter la coupe à ma mère. Une coupe qui venait de loin.

« Je savais qu'en espoir ce serait plus dur. Comme je n'avais pas prévu de faire d'études, je suis parti à l'armée, au bataillon de Joinville, là où on incorporait les sportifs de haut niveau. J'étais un poil juste pour entrer en équipe de France, mais ils m'ont pris quand même au bataillon. Avec plus de boulot je suis sûr que ça aurait été faisable. Je restais sans doute trop sur mes acquis, sur mes qualités naturelles. Je ne travaillais pas assez. Le vrai problème, c'est que j'ai commencé à penser aux filles, et ça a été ma perte. Elles en ont détruit des carrières, les filles, vous pouvez me croire. Mes "connaissances" comme les appelait papi Baptistin quand je parlais d'elles.

« C'est au retour du régiment que j'ai appris que ma "connaissance" du moment était enceinte. J'avais eu ma dernière perm' deux mois avant. On était fous de joie.

« J'allais devenir père. Avoir une famille, c'est quelque chose. Il fallait que je l'assume. Je ne savais pas trop quoi faire, ni comment le faire. Je n'avais pas de père pour m'expliquer ou sur qui prendre exemple.

« J'avais arrêté l'école après mon bac G sans formation particulière. Le président du club d'athlétisme m'a pistonné pour un boulot de magasinier dans la boîte d'un gars qui adorait le sport. Il me promettait de me laisser libre de m'entraîner comme je voulais. Mais il n'a pas tenu sa parole et je montais des palettes quarante heures par semaine. Dès le début, ça m'a agacé les palettes. Je ne pouvais pas imaginer faire ça toute ma vie. J'aurais peut-être dû. Enfin, on ne peut pas réécrire l'histoire.

« On a décidé de se marier, avec ma copine. Elle avait repéré une robe qu'elle aimait bien. Elle ne voulait pas attendre d'être trop grosse pour entrer dedans. On a fait ça vite. Ce n'étaient pas des noces de prince et de princesse. Mais on n'avait pas cette prétention-là de toute façon.

« Mon entraîneur m'a conseillé de devenir fonctionnaire et d'essayer de négocier un tiers-temps pour continuer le demi-fond. Avec mon bac, je pouvais tenter la plupart des concours de l'administration. J'ai dit d'accord. Je suis facilement d'accord sur les choses.

« Nous sommes allés passer le concours des PTT avec ma femme. Elle a été reçue mais pas moi. J'ai eu zéro à la dictée ! La honte. Je n'ai jamais eu aussi honte de toute ma vie. Ça m'a piqué au vif. J'ai acheté un *Bescherelle*, revu mes leçons de grammaire de l'école primaire, j'ai fait deux dictées par jour pendant des semaines et j'ai préparé d'autres concours. La Poste, ça ne m'aurait pas plu de toute façon. J'avais besoin de quelque chose qui bouge, pas un bureau, mais je me voyais mal tourner en campagne au volant de ma 4L jaune.

« C'est comme ça que j'ai passé le concours de la police. Je précise que je n'avais jamais eu le goût de jouer aux gendarmes et aux voleurs quand j'étais marmot. Ma mère m'a dit que je faisais bien. J'aurais la sécurité de l'emploi. Tu parles.

« J'ai été reçu au concours malgré une note pas glorieuse à la dictée. Pourtant, j'avais bossé, mais ce n'est vraiment pas mon truc. En revanche, aux épreuves de sport, j'ai plié tout le monde. Même en sport de combat. Car j'étais félin. J'avais de la vitesse. Des fibres musculaires qui me donnaient un avantage épouvantable sur les autres.

« Je suis parti à l'école de police de Saint-Malo. Fini les palettes. Ma fille avait quelques mois. J'étais déjà payé. Le temps de ma formation, elle et sa mère, qui n'est jamais devenue postière, sont restées vivre à la ferme de Bernay, dans un petit appartement qu'on avait aménagé de bric et de broc à l'étage d'une dépendance. On était jeunes. On n'avait pas besoin de grand-chose. En tête à tête, Apolline et sa mère ont développé une relation unique. Fusionnelle. Je n'en ai jamais été jaloux, et je ne me suis jamais senti exclu. Je trouvais ça beau à regarder.

« À la sortie de l'école de police, j'ai été muté au commissariat de Cergy-Pontoise, en région parisienne. J'ai embarqué ma fille et sa mère qui avait une autre cocotte, ma Julie, dans le tiroir. On s'est installés dans un petit pavillon, à Jouy-le-Moutier, une ville nouvelle près de Cergy. Gardien de la paix et mes deux galons. Je revois ma femme, le matin de mon premier jour. Elle époussette mon uniforme. Apolline nous regarde. Elle dit avec ses deux mots et demi : "Beau papa !"

« Excusez-moi… Ce n'est pas évident.

« Le boulot me plaisait pas mal. Je me suis fait des copains. Il n'y avait que des jeunes et les majors n'étaient pas chiants. On m'a demandé si j'accepterais de faire les nuits. J'ai dit d'accord. Les collègues ont halluciné quand ils m'ont vu courir la première fois derrière un type pour l'interpeller. J'étais sûr de ma force et de mes jambes. Mais je n'avais rien dit. Je n'avais pas parlé de mon passé d'athlète. Je savais que ma vitesse et ma résistance allaient les impressionner. Ça leur a fait tout drôle.

« De là, ils ont commencé à m'appeler "Carl Lewis". J'ai eu beau leur expliquer que je faisais du demi-fond et pas du sprint, ça n'a rien changé. Et puis c'est devenu "Lewis" tout court. Ça m'est resté toute ma carrière. Si vous croisez un flic avec qui j'ai bossé, pas sûr qu'il se souvienne de Benoît Notre-Dame, mais de "Lewis", c'est certain que oui. Je vous le garantis.

« Quelques collègues et moi, on s'était mis en cheville avec des manouches. On les laissait poser des nasses pour attraper les écrevisses dans le lac de la base de loisirs de Cergy, c'en était pourri. Ils nous en filaient pour nous remercier. C'est un régal les écrevisses, avec une sauce au cognac. Ça fait des années que je n'en ai pas mangé. Rien que d'en parler j'ai le goût qui me revient dans la bouche. On allait aussi poquer les lapins sur les terrains vagues avec la voiture de police et tout ! On était inconscients. On se marrait bien.

« Je m'étais mis en tête de confectionner un manteau de fourrure pour la mère de mes filles. Mais je ne l'ai jamais fait au final. C'est sûrement pas plus mal. Elle aurait eu une drôle de touche avec son manteau en peau de lapin. Quand je dis que je n'ai jamais fait de mal à une mouche, j'exagère. J'ai fait du mal aux lapins et aux écrevisses. C'est à peu près tout.

« La mère de mes filles ne s'est pas du tout plu en région parisienne. Dès le début, elle s'y est sentie mal. Tout l'agressait. Tout la dérangeait. Elle craignait par-dessus tout que Julie naisse là-bas. J'ai posé tous mes congés d'un coup et on s'est installés à la ferme chez ma mère quelques semaines avant le terme pour être certains qu'elle ne naîtrait pas à Paris. Mes petites sœurs étaient ravies que l'on soit de retour pour quelque temps. Ça a marché. Julie est née à Évreux, comme Apolline. Ça a fait plaisir à sa mère d'accoucher d'une vraie Normande qui ne soit pas à moitié parisienne. Moi, je m'en foutais. Nous sommes retournés quelques jours plus tard à Jouy-le-Moutier. Nous étions quatre.

« J'ai continué d'être à la nuit. Pendant plus de trois ans. On a commencé à beaucoup s'engueuler avec ma femme à cause de ça. Elle me reprochait de me lever trop tard. Elle me reprochait de ne jamais prendre le petit déjeuner avec elle et les filles. Mais je me couchais à six heures du matin ! Ce n'était quand même pas ma faute… Je crois qu'elle avait le mal du pays tout simplement. Un jour, elle m'a menacé de partir avec mes filles. Elle a dit : "Nous, on va rentrer en Normandie, ce sera avec ou sans toi." Ça m'a secoué. J'ai cherché une solution mais c'était impossible d'être muté au commissariat de Lisieux ou à celui d'Évreux avant au moins dix ans. Je n'avais pas assez de points. Même Caen ou Le Havre c'était injouable. J'ai pensé à démissionner et à me faire garde champêtre dans un patelin pas loin de Bernay où un poste se libérait. Ce n'était pas le même képi. Ce n'était pas la même paie non plus, mais j'aurais tout fait pour garder mes filles. Tout. Même remonter des palettes, j'aurais pu.

« Pas longtemps après, on a eu un coup de chance terrible. Un CRS de Rennes qui cherchait à permuter dans le Val-d'Oise. Je n'avais aucune envie d'être CRS. Mais j'avais encore moins envie de divorcer. Pour moi, les CRS, c'était la mort de Malik Oussekine, et ça m'a marqué car on est nés le même jour lui et moi : le 18 octobre 1964. Comme je l'ai dit, j'aurais tout fait pour mes filles.

« Voilà comment je me suis retrouvé à la CRS 9, celle de Rennes, au mois de juin 1989. C'était à presque trois heures de Bernay mais on pensait qu'avec les déplacements et les récupérations derrière, je pourrais être pas mal de jours de suite à la maison. On profiterait d'être tous ensemble à ce moment-là. Ce serait mieux que les nuits, où j'étais en décalage permanent avec le reste de la famille. Et surtout, les filles habiteraient en Normandie. On n'avait pas d'autre solution de toute façon.

« C'était parti pour dormir deux cents nuits par an dans un lit qui ne m'appartenait pas. C'est un peu comme une vie de pêcheur, j'imagine : mes filles et leur mère attendaient mon retour. Moi j'attendais de rentrer. On a pensé qu'on s'y habituerait.

« On s'est installés de nouveau dans la dépendance de la ferme. Le temps de faire construire dans un hameau qui s'appelle Le Dourcay. C'est à la sortie de Bernay. Ça s'est très mal passé avec le voisinage. À nous en pourrir la vie. Je crois que c'est à partir de là que tout est allé dans la mauvaise direction. Comme si on avait récupéré les malheurs des Rouvière. Je me trompe peut-être.

« Sur notre terrain, il y avait une source qui donnait une eau délicieuse et pure. Zéro nitrate, rien. Elle alimentait une grande partie du hameau gratuitement. Il fallait simplement entretenir le matériel. Une association de riverains gérait l'équipement. Ce n'était pas grand-chose : une motopompe, deux tuyaux et une cabane en tôle.

« La maison était encore en construction quand la mère Balavoine, le même nom que le chanteur, est venue me trouver pour m'annoncer qu'il ne fallait pas que l'on compte sur la source. Car c'était le "bien commun" des habitants. Je n'avais rien demandé, moi. Elle me prévenait : je n'avais pas intérêt d'essayer de l'accaparer ou il y aurait du grabuge. Que ce soit entendu et compris ! Je n'en avais rien à secouer de leur source. Seulement, il y a des façons de parler aux gens. Vous ne croyez pas ? Alors je lui ai répondu un peu par malice, un peu pour la faire chier : "Non mais tu rêves, l'ancienne." Et je lui ai dit d'aller se faire voir. Je n'aurais peut-être pas dû car ça a eu trop de conséquences. Mais j'étais jeune, à peine vingt-cinq ans.

« Je me suis renseigné pour savoir de quoi l'association était faite. Je voulais connaître mes droits sur la source. Le notaire m'a certifié que mes droits étaient pleins et entiers. Je pouvais en faire ce que je voulais. Libre à moi de la boucher si je voulais emmerder le monde. Mais je ne suis pas comme ça.

« Le père de ma femme connaissait bien le terrain. C'est lui qui nous l'avait dégoté par un copain garde-chasse. Il savait que la zone était riche de sources. Il avait même aidé à placer la maison pour les éviter en utilisant sa baguette de sourcier. Il a du fluide, mon beau-père. Les sources, si elles passent sous les maisons, sont mauvaises pour le sommeil et les rhumatismes, c'est connu. Ça rend pas mal taré aussi je crois. Quand je suis allé raconter à mon beau-père l'altercation avec la mère Balavoine, il m'a dit de laisser courir. Il ne fallait pas se fâcher avec les voisins. J'étais d'accord avec lui.

« On a fait raccorder notre maison à la source comme tous les autres habitants du hameau. On a emménagé. On pensait que c'était bon. Quelque temps après, la mère de mes filles a trouvé dans la boîte aux lettres un courrier qui nous invitait à l'assemblée générale de l'association. Elle se réunissait exceptionnellement en présence du maire du pays pour régler "le problème de la source".

« J'étais à Paris, en déplacement. Deux semaines aux aéroports. La tannée. Toute la journée à marcher dans les terminaux de Roissy ou d'Orly avec un collègue. Comme deux blaireaux. Pour passer le temps je regardais les destinations et je m'y imaginais. Je rêvais de la Thaïlande. C'est un pays qui m'a toujours attiré. Je n'étais déjà pas trop de bonne humeur de me taper les aéroports, alors quand j'ai appris cette histoire d'assemblée générale, j'ai senti que ça n'allait pas s'améliorer.

« Je suis rentré à Bernay. J'ai posé deux jours de congés pour être certain de ne pas être rappelé et assister à l'assemblée qui devait se tenir dans "la salle des associations" de la commune. J'y suis allé. Je me suis assis. J'ai perçu l'hostilité en face. J'ai senti que ça bouillait en moi. Je montais en pression.

« J'ai écouté sans rien dire tous ces vieux crabes avec leur source de merde qu'on allait soi-disant leur voler et j'ai vu leurs yeux pleins de haine pour ma femme et pour moi. C'était incroyable. On m'a proposé de prendre la parole. Je l'ai fait. J'ai dit que le "problème" de la source serait vite réglé et qu'ils pouvaient continuer d'utiliser la motopompe. Et pour leur montrer que je ne comptais pas me laisser faire plus que ça, et que "bon" ne s'écrit pas avec un "C", j'ai ajouté que l'eau de la source m'appartenait, comme cela m'avait été confirmé par le notaire. J'en faisais don pour l'année, on verrait dans un an si je renouvelais ou pas.

Je demandais à ce que ce soit inscrit dans les statuts. Ça les a rendus dingues. Ils se sont mis à gueuler de partout là-dedans. On entendait des “bon Dieu”, des “dégage avec ta femme”, des “sale flic”, des “jamais”.

« Le père Gicquel, le seul à peu près courageux de la troupe, m’a pris à partie, les yeux dans les yeux. Il m’a dit qu’il allait se servir de ses anciennes munitions planquées dans le garage et qu’il gardait depuis son temps dans le maquis. Il n’hésiterait pas non plus à faire usage de celles qu’il avait dans le grenier et qu’il tenait de son père. Elles dataient de la guerre de 14. Mais elles fonctionnaient encore. Il allait me faire sauter ma baraque puisque je voulais lui voler son eau ! J’ai dit : “Mais on est où là ? Vous êtes tous complètement cintrés !”

« J’ai cru que ça allait partir en bagarre générale. Le maire a réussi à calmer tout le monde. Je ne sais même pas comment. La vieille Balavoine a fini par dire qu’en tant que “présidente” de mes fesses, elle allait faire inscrire une nouvelle motion aux statuts : la famille Notre-Dame n’aurait plus le droit de prendre l’eau de la source, d’aucune manière. L’association porterait plainte en cas de manquement.

« Le maire a essayé de faire comprendre à cette vieille folle qu’interdire l’accès à quelque chose dont un tiers est propriétaire c’était un peu compliqué, mais elle n’a rien voulu entendre. Je me suis levé. J’ai mis mon manteau. J’ai pris ma femme par la main. J’ai dit calmement : “Je vous donne trois jours pour virer votre merdier de chez moi, après ça, je casse tout à coups de masse, tu peux aussi le noter dans tes statuts. Vieille garce.”

« Trois jours après, l'installation était toujours là. Je m'étais calmé. J'ai fait dire par mon beau-père que je laisserais le matériel le temps que tout le monde puisse se raccorder au réseau de la ville. L'association a profité de ce délai pour chercher un recours. Pour l'équipement, on leur a dit qu'il n'y avait rien à faire. C'était sur notre terrain. Point barre. Vorin, un paysan d'un hameau à côté, a proposé d'installer un autre équipement ailleurs, en amont de ma source, pour l'assécher. Il se croyait plus malin que tout le monde celui-là aussi.

« L'association a fait voter dans la foulée le forage d'un puits artésien au-dessus de chez nous. Le meilleur sourcier du département est venu en personne définir l'emplacement. Il s'est baladé une matinée complète avec son morceau de noisetier et ses piques en fer. C'était l'attraction du jour. Il a conclu que c'était là, à soixante-dix mètres précisément, qu'ils trouveraient l'eau. La mère Balavoine a demandé : "Vous êtes sûr que ça asséchera la source des Notre-Dame ?" "Sûr !" a répondu le sourcier.

« Les engins de forage sont arrivés quelques semaines plus tard. Les travaux ont duré plusieurs jours. La mère de mes filles observait tout ça de sa fenêtre et me racontait ensuite le soir au téléphone. Elle ouvrait le robinet régulièrement pour voir si on continuait d'avoir de l'eau. La source n'a jamais tari.

« J'étais encore en déplacement. Trois semaines en Corse cette fois. Il y avait des manifestations lycéennes à Ajaccio. J'ai manqué de peu d'y tuer un gamin. On lui courait après dans une ruelle quand il a sorti un pétard. Il a tiré dans notre direction en continuant de cavaler. Sans nous regarder. J'ai sorti le mien de pétard et j'ai failli faire feu. C'est la seule fois de ma carrière où j'aurais pu tirer. Heureusement que je ne l'ai pas fait.

« J'ai dit à ma femme que j'installerais le nouveau matériel à mon retour. On rendrait tout leur bordel à l'association. Je ne voulais rien leur devoir.

« Quand je suis revenu, je suis allé voir le père Gicquel. Au fond, je l'aimais bien. Malgré la menace de la bombe dans la maison. Car il m'avait dit le lendemain de l'assemblée que mon père, qu'il avait bien connu, était quelqu'un d'honnête et juste. Il avait ajouté, pour moi : "C'est quand même malheureux d'avoir un fils aussi con." Le compliment sur mon père m'avait suffi. Les petits vieux avec un peu de gueule comme ça et ce qu'il faut de courage ça m'a toujours fait fondre.

« Je lui ai demandé si tout était bon de leur côté et à quel moment ils comptaient récupérer leur matériel. Mais ça n'allait pas. Certes il y avait de l'eau et abondante comme l'avait dit le sourcier. Mais la source, d'une autre veine donnait de "l'eau ferrugineuse", comme dans le sketch de Bourvil ! Il fallait tout recommencer. J'ai dit mince, mais j'ai pensé *bien fait pour votre gueule*. Il m'a offert l'apéritif. Tout aurait pu s'arranger à ce moment-là, sans l'autre vieille garce.

« J'avais parlé à des collègues de mes soucis avec les voisins à propos de la source, qui nous pourrissaient la vie. Et ils n'ont rien trouvé de mieux que de commencer à me surnommer "Ugolin" ces cons-là ! Comme dans le livre de Pagnol. Ugolin, c'était quand même moins chic que Lewis et pas bien mieux que Quasimodo… Pour éviter que ça ne s'installe, j'ai arrêté d'en parler. J'ai tout gardé pour moi.

« La tractopelle est passée devant notre maison un mois plus tard. Sur le coup, la mère de mes filles n'y a pas prêté attention. La tractopelle s'est arrêtée devant le petit bassin que l'on avait fait creuser au pignon de la maison pour y mettre des carpes koï et faire plaisir aux petites.

« La tractopelle a pivoté sur elle-même. Le godet s'est baissé. Ma femme a vu juste à côté la mère Balavoine et son peureux de mari qui donnaient des consignes au conducteur. Elle a compris. Elle a pris peur. Apolline a hurlé pour les carpes. Surtout pour la Grosse Bertha, la plus balèze. Celle qu'elle préférait.

« Ma femme a ouvert la fenêtre. Elle a crié pour qu'ils arrêtent mais ça n'a eu aucun effet. La pelle a commencé à percer le sol. La mère de mes filles a quitté la maison à toute allure. Elle a avancé sur le gazon. Il n'avait pas encore eu le temps de pousser. Ses pas s'enfonçaient dans le sol humide du matin. Elle a couru comme moi mes 800 mètres, à bloc. Elle a perdu un chausson dans sa course.

« Elle pleurait. Elle a supplié le conducteur de la tractopelle d'arrêter. La mère Balavoine a ordonné au gars de faire son boulot. De trouer le sol pour mettre au jour les canalisations en ciment qui avaient été posées par l'association, il y a longtemps. Elle comptait bien tout récupérer maintenant que leur source fonctionnait. Ils étaient dans leur droit. Elle l'affirmait en gueulant.

« Apolline a regardé la mère Balavoine et lui a dit avec sa petite voix que "sans eau la Grosse Bertha allait mourir". Ma pauvre cocotte d'Apopo. Et cette vieille garce a regardé ma fille. Elle lui a tiré la langue. Elle lui a dit que sa carpe elle n'avait qu'à la mettre dans sa culotte !

« Ma femme est partie en vrille. Elle a commencé à traiter le mère Balavoine de tous les noms. Elle était prête à se jeter sur la vieille. Elle s'est retenue. Le maire a été prévenu par une voisine. Le chauffeur de la tractopelle a dit qu'il ne ferait plus rien tant que ça ne serait pas clair. Il ne voulait pas d'histoires. La mère Balavoine est devenue hystérique. Elle a commencé à le menacer et à l'insulter. Le père Gicquel a débarqué et a dit que les gendarmes allaient venir, ce qui a eu pour effet de calmer tout le monde.

« Le maire est arrivé juste après et a dit qu'il commençait à en avoir sa claque avec les emmerdeurs du Dourcay. Chacun est rentré chez soi. La mère de mes filles n'arrêtait pas de trembler. Elle s'est remise à fumer le soir même, alors qu'elle avait arrêté quand elle était enceinte d'Apolline.

« J'étais à Paris, encore en déplacement. Je gardais une ambassade quelconque. En attendant qu'un autre me remplace, je faisais le planton pendant sept ou huit heures. *Fallait mieux travailler à l'école*, je pensais.

« La mère de mes filles m'a tout expliqué, la tractopelle, le chausson, les Balavoine, le maire, les carpes et la langue qu'on tire à Apolline. Et puis elle a explosé. Tout était ma faute ! La faute à mon métier de merde. À mes absences. Elle en avait marre ! Est-ce que je comprenais ça ? Elle en avait marre de s'occuper de tout, de laver le sol, de ranger les chambres des gamines, de torcher leurs culs et de s'engueuler avec les voisins pendant que j'étais elle ne savait où, bien tranquille, avec tous les autres abrutis de CRS. Je n'ai rien su répondre. Elle a raccroché et moi j'ai pleuré. Je suis sensible. C'est vrai que je pleure facilement.

« Je suis rentré de déplacement à la fin de la semaine. Je m'étais monté le bourrichon. Je me suis pointé directement chez les Balavoine. J'étais encore en tenue. Avec le gros écusson “CRS” mais sans casque, sans flingue et sans matraque. Leur 405 blanche était garée devant chez eux. Je me suis approché. Je n'ai pas hésité longtemps. J'ai mis quatre chassés, un dans chaque portière, de toutes mes forces. La tôle s'est enfoncée sous mes rangers comme de rien.

« J'ai sonné chez eux. J'ai prévenu la mère Balavoine et son trouillard de mari que si l'un d'eux reparlait une seule fois à ma femme ou à mes filles, je les tuais.

« Les parents de ma femme sont allés chez les Gicquel le soir même pour tenter d'apaiser les choses. Ils ont été bien accueillis, en souvenir du passé. Mon beau-père a parlé de chasse quelques minutes pour la forme. Et puis ma belle-mère a dit ce qu'elle avait à dire. Que c'était une honte d'avoir fait pleurer sa fille comme ça, d'avoir menacé de faire sauter sa maison ! Il ne se rappelait donc plus le père Gicquel quand il venait boire son canon au bistrot, chez ses parents à elle ? Si Mémère, sa maman, était encore là, il aurait osé agir comme ça, lui, le père Gicquel, qui disait de Mémère qu'elle était une sainte quand elle lui offrait le Picon ? Certainement pas ! Alors qu'on foute la paix à sa fille et à ses petites-filles !

« La femme du père Gicquel était de cet avis. Il fallait calmer l'autre folle de Balavoine. C'est elle qui montait la tête de tout le monde. Elle irait la trouver. Tout était dit.

« J'ai été appelé le lendemain pour être entendu à la gendarmerie. Les Balavoine avaient porté plainte. Je les avais menacés de mort et j'avais cassé leur voiture. Ça faisait beaucoup. Les gendarmes m'ont dit que le procureur allait avertir la CRS. Je m'en doutais, même si j'espérais que non. Je n'aurais pas dû y aller en tenue de boulot. Mais je n'y avais même pas pensé. Je voulais faire au plus vite. Si je m'étais changé ce serait sans doute passé.

« Je me suis engagé à rembourser les portières, ce qui nous a mis en difficulté financièrement. J'ai été bon pour un rappel à la loi.

« Il y a eu une enquête administrative. J'ai été convoqué deux mois plus tard par mon commandant. Je suis passé à la limite de la révocation pour violences et intimidation. Ce qui m'a sauvé, c'est le fait qu'on ait menacé de faire sauter ma maison. Je me suis pris un blâme. J'ai pensé qu'un blâme ce n'était pas bien grave. Je me trompais.

« Je suis devenu CRS parce qu'il fallait bien. Cela dit, j'aimais quand on se retrouvait entre nous. La camaraderie, vous savez. C'est peut-être encore cette histoire de frère qui m'a toujours manqué. Les heures passées au bar de la CRS avec mes copains qui fumaient comme des pompiers et buvaient des bières, c'étaient des bons moments. C'était une ambiance de caserne. On se marrait bien. Ça me touchait, moi, tous ces mecs ensemble. La fraternité, en somme.

« Je ne buvais pas et je n'ai jamais fumé. Je gardais une hygiène de vie irréprochable. Je continuais de courir trente kilomètres par semaine, été comme hiver, peu importe où je me trouvais et quoi qu'il arrive. C'était mon plaisir. J'avais allongé les distances depuis que j'étais entré dans la police. J'avais délaissé la piste pour les chemins. J'ai fait le marathon de Paris pour la première fois en 1990. Je suis passé à l'aise sous les 2 h 45. 2 h 41 min 28 s.

« L'année d'après, on m'a proposé de faire des tests pour entrer dans l'équipe de foot de la CRS. Je les avais tous pilés sur un cross le mois d'avant. Je n'avais pas de qualité de ballon particulière mais j'étais infatigable. J'ai été pris, on m'a mis latéral droit. Je grattais des ballons, je courais et je centrais. Ce n'est pas compliqué le foot. J'ai adoré ça.

« Le gazon a poussé dans le jardin. La vie avançait. J'avais presque oublié mon blâme. Mes filles ont grandi. Mais elles ne se sont jamais habituées à mes absences, et moi je ne me suis jamais habitué à ne pas venir leur souhaiter bonne nuit et les embrasser chaque soir.

« En octobre 1993, toute la CRS 9 a été envoyée en Nouvelle-Calédonie pour deux mois. On avait déjà fait un mois à La Réunion en début d'année. J'y avais déprimé comme jamais loin de mes filles et de leur mère. Alors deux mois, vous imaginez.

« On ne s'appelait qu'une fois par semaine. Ça coûtait les yeux de la tête. Je donnais le numéro de la cabine téléphonique à ma femme et elle me rappelait. À la fin, elle me passait les petites trois minutes avant de raccrocher. Avec le décalage entre deux paroles au téléphone j'avais l'impression qu'elles me faisaient la gueule. On se disait qu'on se manquait, que j'allais vite rentrer. C'était très dur. Je voulais arrêter la CRS dès que possible. Je continuais de cumuler des points pour être muté dans un commissariat plus près de chez moi. Les gars des syndicats m'avaient assuré qu'avec le rapprochement de conjoints j'arriverais à Lisieux ou à Évreux en 1995, en 1996 grand maximum. On s'accrochait à cet espoir.

« Je suis rentré à la maison le 21 décembre 1993. J'ai posé mes récups et les vacances à la suite. Avec ma femme qui en avait elle aussi gros sur le cœur, on a décidé de bouffer toute la prime de déplacement et nous sommes partis en vacances sur un coup de tête, le lendemain du nouvel an. On a bien fait. Deux semaines en Thaïlande avec mes filles et leur mère. Ça a été les deux plus belles semaines de ma vie.

« J'étais censé reprendre le boulot aux alentours du 25 janvier. J'ai été rappelé le 27. C'est la mère de mes filles qui a reçu le coup de téléphone. Je devais me présenter à la CRS le matin du 1er février. En tenue M.O., c'est-à-dire en tenue de "maintien de l'ordre". J'y suis allé la veille et j'ai dormi là-bas dans une des petites chambres mises à disposition pour ceux qui habitaient loin. J'étais encore tout bronzé. J'avais eu le soleil pendant presque trois mois.

« Depuis quelques jours, ça chauffait avec les marins-pêcheurs. Je n'ai pas besoin de vous l'expliquer. Vous connaissez sans doute mieux que moi les raisons de leur colère. On devait se préparer à une série de manifestations.

« Je n'avais rien contre les manifs. C'était toujours mieux que de marcher dans Roissy ou de faire le planton devant les ambassades. La moitié du temps on restait dans les cars à jouer au tarot ou à la belote.

Et autrement on faisait semblant avec ceux d'en face de se foutre sur la gueule. Sauf avec les pompiers, une fois, à Paris, là ça avait cogné. J'avais eu peur que ça finisse mal. Les pompiers nous avaient demandé d'ôter nos casques en signe de soutien. On ne l'avait pas fait et après c'était parti en cacahuète. On a eu de la chance de ne pas avoir de blessés graves d'un côté ou de l'autre. On faisait beaucoup de manifestations de paysans aussi. Quelques tonnes de fumier par-ci, quelques tonnes de patates par-là. Ce n'était jamais bien méchant. Et quand il y en avait un plus excité que les autres, il se faisait calmer par ses collègues. Parfois, on se retrouvait dans les mêmes bistrots le soir. On les comprenait bien car on était nombreux à venir de ce monde-là.

« Ça chauffait donc depuis plusieurs jours avec les pêcheurs, en Bretagne et dans le Nord. Les vieux CRS disaient que ça irait, que ce serait comme d'habitude. C'étaient des furieux ces mecs, des gars qui avaient fait Mai 68, vingt-cinq ans avant. Ils en parlaient comme s'ils avaient fait l'Indochine ou l'Algérie. Certains avaient fait l'Algérie pour de vrai d'ailleurs. Ils en rajoutaient. À les écouter on ne vivrait jamais rien de plus fort que ça, le Quartier latin en feu. Les grandes grèves qu'on brisait à coups de poing et le pays en ébullition. C'étaient des castagneurs. Ils avaient ça en eux. Des mecs de cinquante ans, en fin de carrière. Ils en imposaient aux jeunes. Et ils le savaient. Mais ça n'a pas été comme d'habitude avec les pêcheurs.

« Nous avons d'abord été envoyés à Lorient pour une petite manif devant la sous-préfecture. Il ne s'est rien passé de particulier. Mais on sentait déjà de la tension. Et de la colère. Une vraie colère. Ce n'était pas en surface. C'était profond. Les gars de là-bas ont un sacré accent, et quand ils gueulaient, leur accent donnait encore plus de force à leurs mots. Ils disaient leur misère et leur peur de l'avenir. C'était impressionnant. On voyait que beaucoup avaient le sentiment de n'avoir *vraiment* plus rien à perdre. Ce n'est jamais bon. Un gars de chez nous a été blessé à l'épaule par une caillasse. Comment il s'appelait déjà ? Je ne me souviens plus.

« Après Lorient, on a bougé pour le Nord, en direction de Boulogne-sur-Mer, pour renforcer la CRS 11 et la CRS 12 qui dégustaient depuis deux jours. Mais on n'y est jamais arrivés. On a été détournés. On a filé en urgence, direction Rungis. On suivait les mouvements des pêcheurs.

« À Rungis, ça a été violent. Je n'avais jamais rien vécu de si fort mis à part la Corse. Les pêcheurs ont tout cassé. Nous, on avait toujours un temps de retard sur eux. Nous n'étions pas habitués à ce genre de situation. Ce n'est pas facile de balancer de la lacrymo dans un frigo géant… On a été complètement dépassés. Il y avait du poisson partout. C'était une vraie patinoire. J'ai glissé en courant après un pêcheur et je suis retombé sur ma matraque. Je me suis fêlé une côte flottante. Ça me faisait un mal de chien mais j'ai pensé que je n'allais pas me mettre en arrêt pour une côte amochée après une glissade. J'aurais dû.

« Un gradé a pété un plomb et a fracassé le crâne d'un pêcheur avec la crosse de son fusil. En le frappant dans le dos, encore un courageux… Une chance que le pauvre type ne soit pas mort. La scène a fait le tour des journaux télévisés, ce qui a encore plus révolté les marins. Il y avait de quoi. Moi, je les comprends.

« Après Rungis, on a continué de suivre en Bretagne les pêcheurs qui ont filé en cars. Nous nous sommes tous retrouvés à Rennes où ils avaient décidé de se regrouper pour faire entendre leur voix. Balladur et Pasqua y étaient ce jour-là pour signer je ne sais plus quel accord à la préfecture de région. Les pêcheurs ont convergé de tout le littoral. Ils étaient des milliers. On a débarqué en masse également, plus de sept cents bonshommes. Six ou sept compagnies dont celle de Saint-Brieuc où j'avais des copains. J'avais conduit un J5 à l'aller et au retour. J'étais crevé. Je n'avais pas dormi une minute depuis plus de quarante-huit heures. Je pense que ça a joué.

« On a été positionnés près de la préfecture de région, dans une rue en pente, en surplomb des manifestants. Comme nous étions de Rennes, les patrons devaient considérer qu'on connaissait le secteur. On serait plus efficaces. Il fallait nous envoyer en première ligne pour contrer les casseurs. C'est parti tout de suite. On a ramassé comme jamais. Avec l'adrénaline je n'avais plus mal à ma côte. Je n'y pensais plus. On a chargé une fois, deux fois, trois fois. Mais sans effet. Les pêcheurs étaient mobiles. Ils n'avaient peur de rien. Surtout pas de nous.

« On s'est fait surprendre par des mecs qui se sont infiltrés par les jardins du Thabor et qui se sont retrouvés sur nos arrières. Ils ont fait dévaler sur nous une cabane de chantier ! Des barjots. Un collègue est passé sous les essieux. Il a été traîné sur dix mètres et a eu le dos brûlé. Et dans le même temps c'étaient des volées de cailloux, des barres de fer qu'ils nous balançaient et qui ripaient sur le pavé pour nous couper les pieds, les fusées de détresse qui explosaient au-dessus de nos têtes. On entendait le bruit des billes d'acier qu'on nous tirait dessus au lance-pierres et qui claquaient sur le Plexiglas des boucliers ou nous fendaient les rotules. Tac, tac, tac, ça faisait. Des pères de famille, des frères, des oncles, des neveux, des fils, des gars comme nous, pris dans l'engrenage terrifiant et imbécile de la violence.

« J'ai pensé que ça ne pourrait pas se finir sans qu'il y ait des morts. Ce n'était pas possible autrement. Il y avait trop de fureur dans les cris des pêcheurs. Il y avait trop de peur dans nos ventres. Ils ne sauraient pas maîtriser leur force. On ne saurait pas retenir nos coups.

« Il y avait un des vieux à côté de moi et je lui ai dit : "Alors, tu la ramènes moins avec Mai 68 !" J'ai vu dans son regard qu'il y avait de la terreur. Comme dans le mien. Nous n'étions pas équipés comme maintenant. On avait nos matraques, nos casques, nos boucliers et c'est tout. C'est après Rennes qu'ils nous ont attifés comme Robocop.

« Des représentants des pêcheurs ont été reçus à la préfecture. Ça s'est calmé un moment. Quand ils sont sortis et qu'ils ont annoncé ce qu'ils avaient obtenu, c'est-à-dire pas grand-chose, c'est reparti de plus belle. Un pêcheur a piqué un bus de la ville et a foncé sur un cordon de chez nous. Un collègue lui a tiré dessus au FLG, le fusil lance-grenades, un tir tendu alors que c'est formellement interdit, et par miracle, le bus s'est arrêté. On est passé à deux doigts de la catastrophe.

« Pour soulager ma section qui ramassait depuis des heures on a été relevés par une autre compagnie et repositionnés un peu plus loin, dans une rue perpendiculaire à la préfecture de région. La rue Victor-Hugo. Elle rejoint le parlement de Bretagne qui a cramé ce soir-là.

« Mon gradé m'a ordonné de me mettre grenadier. C'est-à-dire que je devais balancer des grenades à main pour éviter que les pêcheurs ne viennent au contact. À la main, on est plus précis que les FLG, même si leur longue portée a l'avantage de nous tenir plus loin des manifestants. J'ai dit à mon gradé que je n'allais pas être efficace avec ma côte. La douleur se réveillait. Il m'a répondu : “Tu te débrouilles, tu fais comme tu peux. De toute façon, c'est la merde partout.” J'étais en deuxième rideau. Devant moi, il y avait un bon copain qui jouait aussi dans l'équipe de foot, arrière gauche : Yannick. Son surnom c'était “le chat noir”. On disait qu'il portait la poisse.

« Je m'entendais bien avec lui. Il avait aussi été champion d'athlétisme, gamin. On avait fait sans le savoir les championnats de France ensemble à Bordeaux. Il était de 1964, comme moi. Je me demande ce qu'il est devenu. Son truc c'était le javelot. Alors lui, il adorait être grenadier. Il visait n'importe comment pourvu que ça parte loin. Comme s'il voulait faire une perf' ou battre un record. C'était une sacrée vedette le chat noir. Il s'est retourné vers moi. Il m'a dit que son sac de grenades était vide et qu'il retournait au camion-armurerie pour se réapprovisionner. J'ai pris sa place. La place du chat noir.

« Après ça, il y a un éclair sur le pavé. Je suis balayé. Je tombe, ou plutôt je m'écroule. J'entends les copains qui hurlent pour moi et entre eux : “Lewis ! Lewis !” Et moi aussi je hurle. Un collègue me tient la nuque. Un autre me tient la jambe. Pour la première fois, j'ai mal. Je pense à mes filles. Elles me manquent. Il y a le chat noir au-dessus de moi. Il a la main sur sa bouche. Il a les yeux ahuris sous sa visière. Il n'a pas eu le temps de retourner au camion-armurerie. Le cordon avance autour de moi. M'enveloppe. Me protège. Ça balance des grenades de partout pour faire reculer les pêcheurs. Je vois mon pied. Il pend. C'est irréel. Ça n'existe pas.

« On m'évacue. On tente de me rassurer avec des mots dont je ne me souviens plus. Je n'entends pas la sirène de l'ambulance. Peut-être qu'ils ne l'ont pas mise. Je suis à l'hôpital. Un interne dit à un collègue que c'est comme une blessure de guerre. C'est quoi la guerre ? Après, je suis dépossédé de mon corps. Je ne suis plus au monde. Je ne sais rien du reste de la manifestation. Je ne sais rien du grand incendie. Je ne sais rien de la violence. Je ne sais rien du chat noir.

« Ils m'ont opéré alors qu'il ne faisait pas encore nuit. Pour revasculariser mon pied. Pour le sauver. Ils ont réussi. Ils ont prévenu la mère de mes filles. Elle était près de moi à mon réveil. Elle m'a promis en me tenant la main que tout irait bien. C'était faux.

« J'ai regardé ma jambe qui était cerclée de métal et maintenue par des tiges d'acier qui pénétraient la chair. Alors, je me suis promis de retrouver celui qui m'avait fait ça.

« Je me suis promis de retrouver mon naufrageur.

« Je me suis promis de retrouver votre père. »

Mon naufrageur

« La fusée de détresse a ricoché sur le pavé humide. Son explosion m'a sectionné le tendon d'Achille. Coupé net. Comme une corde de guitare qu'on tend trop fort jusqu'à ce qu'elle s'écourte. J'ai été brûlé au niveau de la malléole. Au quatrième degré. Carbonisé.

« Sans mes rangers je n'aurais plus eu de pied gauche. Il aurait été entièrement arraché. Mon péroné a été brisé et le ligament annulaire extérieur s'est rompu.

« On m'a prévenu que le parcours serait long. Il fallait que je sois *courageux*.

« La cicatrisation nécessiterait des greffes d'os, de tendons et de peau. Et j'aurais des séquelles. J'ai pensé que ma vie ne serait plus jamais la même. Elle serait moins bien, quoi qu'il arrive. J'avais atteint mon point maximal de bonheur trois semaines avant, sans le savoir. Je suis admiratif des gens qui surmontent les pires difficultés. Ils en font une force. Ils traversent la Manche à la nage, sans bras ni jambes. Ça n'a pas été mon cas. Car j'ai mis trop de temps à accepter que je n'aurais plus jamais des semelles de vent.

« Je vais essayer de vous faire comprendre. Vous connaissez la chanson « Le Bagad de Lann-Bihoué » d'Alain Souchon ? C'est une de mes chansons préférées. Si vous voulez me faire pleurer, ce n'est pas dur, vous me la faites écouter.

« Dans le premier couplet, Souchon chante : "Tu la voyais grande et c'est une toute petite vie..." Je n'avais jamais rêvé d'une *grande* vie. Mais je ne l'imaginais pas devenir si petite tout de même. Je n'ai jamais eu d'ambitions démesurées. Je n'ai jamais vraiment eu de rêve quand j'étais gamin, à part celui peut-être de devenir champion olympique, et encore. Je n'ai rien contre le tapioca et les salsifis. Seulement, dans mon corps rabougri, je me sentais comme dans la chanson : j'étais un espadon dans une baignoire. Si vous comprenez ça, vous avez tout compris.

« Oui, je veux bien un autre café, merci beaucoup. Est-ce que je peux te demander un verre d'eau également, s'il te plaît ? J'ai la gorge sèche à force de parler autant. Je vous remercie de m'écouter.

« Je suis resté hospitalisé à Rennes pendant dix jours. Puis, j'ai été transféré en ambulance à l'hôpital de Lisieux. Je ne suis pas retourné à la maison car j'ai enchaîné les infections. Je ne vais pas vous faire tout mon parcours médical en détail, ou bien on est encore là dans trois semaines.

« Je suis rentré chez moi pour la première fois un dimanche. Le 20 mars 1994. Le jour du printemps. Mais ça fait vingt-cinq ans que je vis en hiver. Vingt-cinq ans que je suis en février.

« Ma femme avait prévenu mes filles que j'avais eu un "petit accident". Il faudrait être bien gentilles avec moi. Elles n'étaient pas venues me voir à l'hôpital. On pensait qu'elles étaient trop petites. Puisque je ne pourrais plus monter les escaliers, mon beau-père avait installé mon lit au rez-de-chaussée et retapissé la pièce qui faisait office jusque-là de salle de jeux pour les filles. Ma femme avait tout décoré comme l'était notre ancienne chambre. Avec notre photo de mariage, mes coupes et mes médailles. Ça m'a touché qu'on prenne soin de moi par ce genre de détails.

« Il faisait un temps magnifique. On a déjeuné dehors, sur la terrasse, avec mes beaux-parents, ma mère, son mari et mes petites sœurs. Ma mère avait apporté un panier d'osier plein de pelotes de laine pour que je puisse y poser mon pied. Pour que ce soit confortable. Tout le monde a essayé d'être gai. Comme si c'était un jour normal. Comme si je n'avais pas été à Rennes, le 4 février 1994.

« Je me souviens qu'à un moment Apolline a sauté sur moi, sans me prévenir. Elle voulait un câlin de son papa. J'ai hurlé de douleur. Hurlé comme si j'étais une bête. J'ai cru m'évanouir. Tout le monde a pris peur. Apolline s'est reculée en s'excusant. Elle avait des larmes dans les yeux et le menton qui tremblait. J'ai repris mon souffle. J'ai voulu la rassurer. J'ai prétexté que c'était ma côte qui me faisait encore un petit peu mal. Mais que ça irait mieux bientôt.

« Je l'ai invitée à s'asseoir sur mon genou droit, doucement. C'est ce qu'elle a fait. Je l'ai embrassée dans le cou. Juste derrière l'oreille. Julie a été jalouse. Elle a voulu venir à côté de sa sœur mais je ne pouvais pas les prendre toutes les deux. J'ai dit : "Chacune son tour, les poulettes." Apolline a laissé la place à sa petite sœur. Et je l'ai embrassée elle aussi dans le cou. Juste derrière l'oreille.

« Après le café, je suis allé en béquilles jusqu'au bassin des carpes. Nous avons donné les granulés à la Grosse Bertha et aux autres. Julie a fait remarquer qu'elle n'avait pas de poisson à elle. Elle a choisi une carpe blanche avec des taches rouges, mais sans lui donner de nom. L'été d'après, elle a commencé à l'appeler Richard Virenque.

« J'ai passé deux jours à chialer. C'était le contrecoup de la sortie. C'était de revoir mes filles. C'était la douleur.

« Le mardi, j'ai laissé mes filles et ma femme pour rejoindre un centre de rééducation. J'y ai passé deux mois. Je revenais à la maison le week-end. Ma femme dormait mal les nuits où j'étais là. Elle avait peur de me mettre un coup. Elle a proposé de dormir sur le canapé. J'ai refusé. J'ai dit : "Si on commence à faire chambre à part maintenant, autant divorcer tout de suite."

« Il y a eu une pseudo-enquête pendant trois semaines pour retrouver le pêcheur qui avait tiré la fusée de détresse sur moi. Elle n'a pas abouti. Il n'y avait rien de filmé. Ce n'est pas comme maintenant. Aujourd'hui, on l'aurait attrapé tout de suite votre père. La seule façon de le retrouver aurait été qu'il se dénonce. Mais il ne l'a pas fait. Ou bien qu'un autre pêcheur parle. Personne ne l'a donné.

« Ça me rendait fou de ne pas savoir qui avait tiré sur moi. Je rêvais qu'il voie ma jambe. Je rêvais qu'il sache ce qu'il avait fait de ma vie. Les trois centimètres de tendon en moins. La brûlure au quatrième degré. La carbonisation. La malléole, le péroné.

« Je rêvais qu'il me demande pardon de ne plus pouvoir prendre mes deux filles en même temps sur mes genoux. Et je lui aurais refusé, le pardon. Et lui aurait vécu avec ça.

« J'ai rédigé une lettre au procureur pour me plaindre du peu de considération que l'on avait pour moi. J'avais quand même été blessé en service ! Une blessure grave. Avec des séquelles à vie. J'ai écrit que c'était une honte que la République ne déploie pas plus de moyens pour retrouver l'agresseur de l'un de ses policiers. J'ai menacé de prévenir la presse. J'ai fait monter les syndicats au créneau. Pour rien. On m'a filé un peu de sous et un grade pour que je ferme ma gueule. Brigadier. Ça m'a fait une belle jambe si je puis dire. J'ai mis ma menace à exécution fin mai. J'ai appelé des journaux locaux autour de chez moi et même la presse nationale. Mais les journalistes n'en ont rien eu à faire. Ils étaient passés à autre chose depuis longtemps. Je n'ai pas eu une ligne.

« Ça a encore augmenté ma frustration, ce sentiment d'injustice, de ne rien valoir pour personne. Je ne pensais plus qu'à retrouver celui qui m'avait fait ça. Je l'imaginais bien tranquille sur son bateau, rigolant du flic qu'il avait cassé en deux. C'est devenu une obsession. Un projet. Mon unique projet. Précieux, parce que rare.

« J'ai pensé que dès que ça irait mieux je ferais ma propre enquête clandestine. Je n'avais jamais fait de police judiciaire. Je me suis dit qu'au besoin je demanderais de l'aide à des collègues plus aguerris.

« J'ai subi une première greffe de tendon en juin et une greffe de peau dans la foulée. Même sans solliciter ma jambe, j'avais des douleurs très fortes depuis février. Elles ont empiré après la greffe. Elles sont devenues épouvantables, ou bien insupportables, choisissez le mot le plus puissant des deux pour vous, c'est celui-là. Je boitais dix fois plus que maintenant malgré la rééducation. On aurait dit que j'avais un pied-bot. Les antidouleurs ne me soulageaient pas ou bien me défonçaient. Les médecins ne trouvaient pas le bon dosage. C'est une douleur qui irradiait ma jambe de l'extrémité des orteils jusqu'au sommet du mollet. C'était atroce. Je me voyais comme un fakir sur une planche à clous. Un mauvais fakir. Je m'empalais doucement. Sans pouvoir rien faire. J'ai commencé à boire.

« Un après-midi d'août, je me suis écroulé dans mon jardin. Je venais de poser le pied à terre, comme j'essayais de le faire le plus souvent possible pour éviter que mes muscles ne s'atrophient. C'est comme si la fusée de détresse l'avait à nouveau transpercé. J'ai eu le souffle coupé. Je me suis effondré. Je suis tombé sur le dos. J'ai cru que j'allais mourir, que j'allais me noyer à l'air libre, comme ces gardons que laissent crever les gamins dans les herbes grasses. L'air est revenu doucement en moi et le souffle avec. J'ai mis plusieurs secondes à recouvrer mes esprits. Et des secondes plus longues encore à me hisser sur un genou.

« J'ai appelé ma femme. C'est elle qui m'a relevé. Je me suis appuyé sur son bras et je suis rentré à cloche-pied, jusqu'à notre maison. J'avais de la fièvre. Elle a appelé le docteur. Il est arrivé en fin de soirée. Il m'a ausculté et m'a dit que quelque chose n'allait pas. Il fallait que j'aille à l'hôpital le lendemain et que je parle à mon chirurgien orthopédique. Ce soir-là, ma femme n'a pas dormi avec moi.

« Ensuite, je n'ai plus eu qu'un seul désir : qu'on me coupe la jambe. Comme on arrache une dent malade. Après six mois de douleurs incessantes et cette dernière crise, on m'a mis sous antidépresseurs. Pour me donner du répit. Je devenais fou. La douleur me bouffait de l'intérieur. J'étais devenu son esclave. Elle mangeait tout en moi. Même mon amour pour ma femme, elle l'a dévoré. Je lui ai dit des mots terribles. J'en ai encore honte aujourd'hui.

« Je suis retourné au travail fin septembre, à ma demande. Je ne pouvais plus remplir les missions d'un CRS. On m'a affecté à l'armurerie pour quelques semaines. Les collègues n'étaient plus les mêmes avec moi. Je n'étais plus le même avec eux. Qui imagine Carl Lewis boiteux ?

« J'ai été muté au commissariat de Lisieux en janvier 1995 sur "critères sociaux" et à titre exceptionnel, après décision du ministre qui s'est fendu d'une lettre pour m'annoncer la bonne nouvelle. J'étais à l'hôpital quand je l'ai reçue. On venait de me couper la jambe. En dessous du genou. Pour arrêter la progression du staphylocoque que j'avais contracté vraisemblablement après ma première greffe. Plus de jambe Benoît Notre-Dame… Je comprends que vous frissonniez. Ne pleure pas. Je n'en veux plus à ton mari. On a fait la paix il y a longtemps.

« De quoi ? Oui, je n'ai plus de jambe, Marcel. Enfin si, il m'en reste une, c'est mieux que rien. Tu connais le pirate Long John Silver ? Non ? Tu es encore trop petit… Eh bien je suis comme lui. J'ai une jambe de bois, enfin c'est de l'aluminium. C'est ça les nouveaux pirates ! Mais je n'ai pas de perroquet. Oui, ton papa a raison, retourne jouer un petit peu dans le jardin d'hiver. Regarde par la fenêtre. Si tu vois un bateau pirate au loin, c'est le mien. Surveille-le, qu'il ne se fasse pas la malle. Ou bien tu me le dis, d'accord ? Non, ça ne me fait pas mal ma jambe, ne t'inquiète pas. Je suis un gentil pirate.

« L'amputation m'a soulagé comme vous ne pouvez pas imaginer. Vous savez, quand on a une écharde au coin d'un ongle, qu'on creuse autour avec une aiguille et qu'on parvient à la retirer, ça pique sur le coup, mais après c'est tellement agréable de sentir la douleur qui s'en va… Eh bien l'amputation m'a fait le même effet. Puissance mille. Peut-être puissance un million, je ne sais pas.

« J'étais devenu accro aux cachets. Mais s'il n'y avait eu que ça je crois que j'aurais pu m'en sortir. Seulement, je ne m'étais pas rendu compte que quelque chose s'était cassé en moi. J'avais besoin de trouver une raison d'avoir mal. Car je m'étais habitué à la douleur. À sa compagnie.

« Alors, j'ai fini le boulot de la fusée de détresse. Je me suis détruit. Et comme si ça ne suffisait pas, j'ai tout brisé autour de moi.

« Ma femme est partie avec mes filles. Elle a eu raison. Nous avons vendu la maison, abandonné la cabane, la motopompe, le bassin avec les carpes koï, la Grosse Bertha, Richard Virenque. Je suis retourné vivre à la ferme.

« Vous pouvez demander à Marcel de monter cinq minutes ? Je voudrais vous montrer quelque chose…

« Non, n'ayez pas peur ! N'ayez pas peur. Il n'est pas chargé. Regardez, regardez ! Il n'y a même pas de barillet. Je l'ai écrasé dans un étau il y a longtemps le barillet, un soir de déprime. J'ai jeté les balles aussi. Mais j'ai gardé l'arme. Elle est comme estropiée. Il lui manque un truc, ça ne fait pas naturel. Une gueule cassée.

« Maintenant que je vous en parle et comme je vous la montre, je me rends compte que cette pièce que j'ai détruite, ces balles que j'ai jetées, c'était ma jambe. Car sans ça, le revolver ne sert à rien. Il est inutile. Il est comme moi.

« C'est un Manurhin. C'était mon arme au commissariat de Lisieux. À la CRS, on avait un MAC 50. J'aimais mieux d'ailleurs. C'est à cause de ce Manurhin que je me suis fait révoquer de la police.

« En 1998, juste après la Coupe du monde de foot. On a voulu me désarmer au prétexte que je n'allais plus sur le terrain et que je n'en avais pas besoin pour mon travail à l'intendance du commissariat. Pour vrai, mes problèmes d'alcool et de médicaments leur faisaient peur. Ils avaient les jetons que je me suicide. Mais je n'aurais jamais pu le faire. Je n'aurais jamais pu faire de mes filles des orphelines de père, comme je l'avais été. Comme papi Baptistin l'avait été.

« Les patrons craignaient aussi que je flingue quelqu'un. Que je flingue le pêcheur. Que je flingue mon naufrageur. Car ils connaissaient mon obsession pour lui. Mon désir de le retrouver, même si on me mettait tous les bâtons dans les roues possibles pour que je n'y parvienne pas. J'ai refusé de rendre le revolver. Ils avaient raison. Je voulais m'en servir pour tuer l'homme qui avait foutu ma vie en l'air. Je voulais tuer votre père. Faire de vous des orphelins, comme papi Baptistin, comme moi. C'est la mer qui l'a fait à ma place. C'est la mer qui vous a privés de lui.

« Je n'aurais pas réussi. Je n'aurais jamais eu le courage d'ôter la vie à quelqu'un, même si j'ai essayé pendant longtemps de me faire croire le contraire. Je me mentais. Mais ce mensonge donnait un sens à ma vie, vous comprenez ? Je ne voulais pas me résoudre, regarder la réalité en face, m'avouer ma faiblesse. Je voulais continuer de me mentir. J'ai dit que j'avais perdu mon arme. On m'a mis en garde contre les conséquences de cette déclaration.

« J'ai pris un troisième blâme pour ça, après celui de la mère Balavoine et un autre pour être arrivé ivre au travail, deux ans avant. Et j'ai été révoqué de la police dans la foulée. Mon ex-femme m'a demandé de faire un effort, au moins pour mes filles. Mes démons étaient trop grands pour moi. Je me suis raccroché à l'alcool. J'étais naufragé et je n'ai rien trouvé de mieux que de m'accrocher à une pierre qui coule.

« Je vous donne mon arme. J'aimerais que vous la détruisiez. Noyez-la dans un seau de béton et jetez-le à la mer. Ça m'aiderait beaucoup.

« Je crois que maintenant je dois vous expliquer comment j'ai réussi à retrouver votre père, ton mari. Vous devez vous demander.

« J'y suis arrivé car il a joué au Petit Poucet. Sauf qu'il n'a pas laissé des cailloux ou des miettes de pain derrière lui. Il a laissé des livres.

« J'ai reçu le premier livre au tout début du mois de février 2001. Je ne pourrais pas vous dire la date exacte. Mais c'était avant le 4 qui tombait un dimanche, car je me rappelle que mes filles étaient à la ferme ce jour-là et que je ne pensais qu'à ce livre que j'avais reçu quelques jours auparavant.

« Je ne sais pas comment il a dégoté mon adresse. Ça reste un mystère. Je me dis qu'il a réussi à connaître mon nom, peut-être par un CRS de Saint-Brieuc. Et qu'après il a regardé dans le bottin. Si ça se trouve c'est aussi bête que ça. Mais je n'en sais rien. Vous savez s'il était copain avec des CRS ? Non, ça ne vous dit rien ? Alors je ne sais pas.

« À cette époque, je livrais les journaux dans les bars-tabac-presse de la région. J'ai trouvé le pli à mon retour, vers dix heures. J'étais déjà bien attaqué car je finissais ma tournée en buvant ma paie. C'était un colis anonyme, avec l'adresse écrite en lettres pochoirs. Comme dans les films. J'ai hésité à l'ouvrir. Je me suis demandé : "Et si c'était une bombe ?" J'ai pensé que je n'étais plus à ça près et que manchot c'était la suite logique de cul-de-jatte. En même temps, qui aurait pu m'envoyer un colis piégé ? J'étais bien parano à l'époque.

« J'étais seul dans la maison. Mes filles étaient chez leur mère. J'ai ouvert le pli. Dedans, il y avait un livre : *La Maison des autres*, de Bernard Clavel. Je m'en souviens comme si c'était hier, une édition de poche, très abîmée. Vous l'avez déjà lu ? Il faut le faire si vous avez l'occasion, c'est vraiment bien. C'est l'histoire d'un apprenti mitron juste avant la Seconde Guerre mondiale. Ça se passe entre Dole et Lons-le-Saunier. Il y a quatre livres qui font un cycle romanesque : *La Grande Patience*. Ça couvre toute la guerre et un peu après. J'ai reçu les quatre. Le dernier de la série s'intitule *Les Fruits de l'hiver*, c'est le plus beau de tous.

« J'ai ouvert le livre sans comprendre. Sous la couverture, il y avait deux billets de cinq cents francs, pliés en quatre. Des Pierre et Marie Curie, tout neufs. On n'en voyait pas souvent. Je n'ai pas saisi tout de suite que ça venait de votre père.

« Je l'ai compris quand j'ai vu le tout petit bout de papier journal qui tombait en voletant comme la samare d'érable, jusque sur la table. J'ai posé le livre. J'ai pris le papier entre mes doigts. Sur un des côtés il y avait un morceau de phrase sans aucun sens. Ce n'était pas la bonne face. De l'autre, j'ai lu sur le rectangle de papier, bien net, ce seul mot : "Pardon." C'est comme si, d'un coup de cutter, on avait coupé le cordon de mon cœur.

« Je vous l'ai dit, je voulais refuser le pardon à votre père. Comme on boude une poignée de main. Je rêvais de l'humilier, de le faire souffrir, à la hauteur de ce que j'avais souffert. J'étais en guerre avec lui. C'était ça la guerre. Un rêve. Mais là, face à mon petit bout de papier, je me suis réveillé. Je n'ai pas eu le choix. Fini de rêver.

« Il avait attendu sept ans. C'est long sept ans.

« Les mille francs je n'en ai rien eu à faire. Et même, j'ai pensé que mille francs, ça ne faisait pas cher le kilo de jambe.

« C'est le petit bout papier qui m'a bouleversé et qui me bouleverse encore.

« Le mois d'après, j'ai reçu *Celui qui voulait voir la mer*. En avril *Le Cœur des vivants*. Et en mai *Les Fruits de l'hiver*. J'avais la série complète. Et à chaque fois, pliés en quatre, deux billets de cinq cents francs pas toujours neufs, sans plus de mot. En juin, il m'a envoyé *Le beaujolais nouveau est arrivé*, de René Fallet. Ça aussi, c'est un livre extra ! On se marre pendant deux cent cinquante pages.

« J'ai gardé tous les livres dans la bibliothèque que j'ai achetée pour l'occasion. J'avais compris que ça allait se poursuivre. En 2002, avec le passage à l'euro, il a commencé à m'envoyer quatre billets de cinquante. J'étais gagnant par rapport aux francs.

« J'ai continué de chercher votre père. Non plus pour lui faire du mal ou pour l'accabler, mais simplement pour lui parler. Pour comprendre. Pour lui dire que je lui avais pardonné. Et que j'aimais bien les livres qu'il me faisait parvenir. J'aurais voulu lui payer le coup, et qu'on discute. Entre hommes.

« J'ai voulu me servir des colis, des livres et des billets. J'ai demandé de l'aide à une ancienne collègue à Lisieux que j'aimais bien. Elle a fait un relevé d'empreintes sans le dire à personne au commissariat. Sur l'enveloppe ça ne servait à rien, on n'allait pas faire défiler tous les facteurs de France. Mais ni sur le livre ni sur les billets il n'y avait d'empreintes. Votre père y avait pensé. Il avait fait en sorte de ne pas laisser de traces. Il ne voulait pas qu'on le retrouve. Ça m'a déçu.

« Au bout d'un moment, il a dû prendre confiance, et à partir de 2007 on a des empreintes sur chaque livre, sur chaque billet, et mon adresse est écrite à la main. J'avais préparé quelques enveloppes pour que vous me confirmiez que c'est bien son écriture, mais je les ai oubliées en même temps que mes feuilles. Je vous enverrai une photo en rentrant, si vous voulez bien. Il y a toujours les empreintes de la même personne, m'a certifié la collègue.

« On a arrêté les relevés. Les empreintes n'apparaissaient dans aucun fichier. Ça ne servait à rien. Votre père n'a jamais eu d'ennuis avec la justice, je me trompe ? Voilà ce que c'est d'être un bon citoyen. J'ai proposé de faire un relevé ADN, mais la collègue a refusé. On ne cherchait pas Ben Laden non plus. Je crois qu'elle ne voulait pas aller trop loin de peur que je ne l'entraîne dans ma chute.

« Grâce aux cachets de la poste, et même s'ils étaient toujours différents, j'avais conclu assez vite que le pêcheur était sans doute de Bretagne Nord. Mais je ne pouvais pas savoir s'il ne m'avait pas orienté sur une mauvaise piste volontairement.

« J'ai commencé à traîner dans les ports bretons, un peu partout. J'y allais entre deux boulots, entre deux cures, pendant les vacances ou bien les week-ends avec mes filles. Ça, je peux dire que je la connais la Bretagne maintenant. J'ai tout fait, de Loctudy à Lanildut, de Saint-Quay à Porspoder, de Locquémeau à Douarnenez. Je me suis même rendu sur l'île de Sein et à Ouessant. J'allais dans les bars et j'écoutais les pêcheurs causer de leurs histoires de pêche. J'espérais que l'un d'entre eux vendrait votre père par mégarde.

« J'apportais aussi avec moi le dernier livre que j'avais reçu. C'était une main tendue au pêcheur si par hasard je venais à le croiser. Je posais le bouquin près de moi, sur la table ou sur le comptoir. Je pensais qu'en le voyant, qu'en me voyant, le pêcheur trouverait le courage de me parler.

« Sinon je guettais les regards fuyants et les gens qui s'en allaient à ma vue. Mais sans résultat. Je suis même venu à Portsall, juste en face, une fois, avec mes filles. J'ai une photo d'elles assises sur l'ancre de l'*Amoco Cadiz*.

« Vous savez, j'ai rencontré votre père une fois. En août 2006. Je ne me souviens plus du livre que j'avais reçu. Comme je vous l'ai dit, je n'ai plus beaucoup de souvenirs de cette rencontre. Car à ce moment, votre père était un pêcheur comme un autre pour moi. Une chose est sûre, il ne s'est pas enfui à ma vue ni à celle de mon livre. Il ne m'a pas parlé non plus. Il a fait comme si de rien, sinon je l'aurais découvert.

« J'étais avec mes filles, on a embarqué sur son bateau pour une partie de pêche et un pique-nique. À la fin, il m'a donné un homard. Je m'en rappelle car j'ai pensé qu'il allait chauffer dans la voiture. J'aime bien le homard, mais j'aime autant les écrevisses. Je l'ai offert à mon ex-femme, ça lui a fait plaisir.

« Ça aurait pu continuer longtemps. J'aurais pu rester encore des années dans la nuit. Je n'avais pas renoncé, mais je n'avais plus la même obsession. Le temps était en train de faire son effet. J'ai arrêté de parcourir les ports il y a une dizaine d'années.

« Chaque début de mois je continuais de recevoir mon livre et mes billets. C'était un rituel. Je m'imaginais votre père au distributeur automatique, qui retirait ses sous, ou qui mettait de côté ceux qu'il avait reçus les semaines avant, en prévision, pour moi. Il les glissait dans le livre. Il fermait l'enveloppe. Il écrivait mon adresse à la règle-pochoir les premières années, puis à la main.

« Depuis 2010, je recevais trois cents euros par mois. Soit les affaires marchaient mieux, soit il avait pris en considération le coût de la vie et augmenté ma "pension". Je ne sais pas.

« Son argent m'a bien aidé, je dois vous le dire, même si au début j'ai hésité à le dépenser. J'ai fini par me dire qu'il fallait l'accepter de bon cœur. Bien entendu ça ne ramènerait pas ma jambe, ni ma vie d'avant. Plus de deux cents livres et pas loin de cinquante mille euros en tout, une sacrée somme. J'espère que ça ne vous a privé de rien.

« J'ai lu tous les livres que je recevais, comme le font les dames inscrites dans les clubs de lecture par correspondance. Hormis *L'Homme aux semelles de vent,* comme je vous l'ai dit. Le titre me faisait trop de peine. Je me demande s'il y a pensé en me l'envoyant. Est-ce que votre père lisait les livres avant moi ou bien est-ce que c'était juste un moyen de faire passer ses billets en douce, je m'interroge… Vous ne l'avez jamais vu lire ? Dommage.

« Et puis, en juin, l'année dernière, j'ai arrêté de recevoir des livres. J'ai arrêté de recevoir des billets. Le dernier livre que j'ai reçu, en mai, c'était *Mon traître*, de Sorj Chalandon. C'est incroyable, non ? *Mon traître*… alors que j'appelais en pensée ton mari, votre père : "Mon naufrageur". Je ne sais pas s'il a voulu me faire passer un message. Peut-être que je rêve. On ne saura jamais. "La première fois que j'ai vu mon traître, il m'a appris à pisser." C'est la première phrase. Simple et beau, non ? C'est un livre que j'ai beaucoup aimé. Je peux vous le prêter si vous voulez.

« J'ai été étonné de ne pas recevoir de courrier début juin, mais c'était déjà arrivé que le pêcheur ait une ou deux semaines de retard. J'ai attendu la fin du mois et le début du mois d'après en pensant qu'il avait peut-être oublié, ou bien qu'il avait eu un empêchement. Je suis finalement allé à la poste de Bernay pour savoir si, par hasard, il était possible qu'on ait perdu un colis pour moi. Mais ils n'ont rien trouvé. Je n'ai pas eu de livre en juillet, pas plus en août. Ça faisait trois mois sans rien recevoir. J'ai interrogé la factrice en me demandant si elle n'avait pas découvert le manège et gardé les livres pour elle et l'argent dedans. Mais je ne la croyais pas malhonnête. Il restait deux possibilités. Soit le pêcheur avait décidé de ne plus m'envoyer de livres. Soit il ne pouvait plus le faire.

« J'ai commencé à envisager qu'il puisse être mort. J'ai consulté les archives des obsèques des mois précédents en Bretagne, mais il n'y avait aucun avis de décès évoquant un pêcheur ou un pêcheur à la retraite. Je ne comprenais plus rien. J'ai pensé que le pêcheur avait arrêté de son propre chef. Ça m'a rendu triste. Non pas pour l'argent, mais pour le lien entre nous qui se rompait.

« Après presque six ans d'abstinence je me suis remis à boire en septembre. Mais je n'ai pas voulu retomber là-dedans. Alors, je me suis raccroché de nouveau à votre père, pour avoir un but. Il n'était plus une pierre qui m'entraînait par le fond. Il était ma planche de salut. Mon petit radeau.

« J'ai passé tout le mois d'octobre à parcourir les ports de la côte nord, comme je l'avais fait dix ans avant, avec *Mon traître* que je mettais bien en évidence, et même sur le tableau de bord de ma voiture quand je me garais. Mais sans résultat. J'ai continué en novembre, de façon plus franche, je n'avais plus rien à perdre, en interrogeant les pêcheurs que je croisais et en leur demandant s'ils avaient participé à la manifestation de Rennes. La plupart d'entre eux n'y avaient pas participé, ils étaient trop jeunes. Les vieux en parlaient volontiers, mais sans me donner le nom de votre père. Sûrement qu'ils l'ignoraient, tout bonnement.

« Mi-décembre j'ai eu le coup de chance que je n'avais jamais eu en le cherchant partout pendant des années. Dans un port tout près de Paimpol. J'ai entendu deux jeunes pêcheurs parler du naufrage d'*Ar c'hwil* et d'un enterrement durant lequel ils s'étaient battus quelques mois avant.

« Ils buvaient un verre pour se réconcilier. Je me suis mêlé à la conversation. J'ai demandé des précisions, le nom du pêcheur, les circonstances du drame, la date de l'enterrement. Ils m'ont tout dit. Je leur ai offert une bière à chacun pour les remercier. Je suis rentré à Bernay. J'ai lu les articles sur le naufrage, reconnu le bateau. J'ai fait le lien avec notre pique-nique du mois d'août 2006. Mais je n'ai jamais retrouvé le faire-part de décès. Je me demande encore pourquoi.

« Je voulais que vous soyez tous là aujourd'hui. J'ai pensé que c'était la meilleure façon d'être le plus près de lui.

« Avant de vous contacter, j'ai cherché des preuves qui m'assureraient que c'est bien votre père qui m'a estropié. Que c'est bien votre père qui m'a demandé pardon. Que c'est bien votre père qui m'a fait parvenir tous ces livres. Je n'en ai pas trouvé de formelles. Mais je n'ai pas de doute. Vous pouvez me croire ou bien refuser de le faire, je comprendrais. Peut-être que vous pouvez vérifier les retraits sur ses relevés bancaires ? Il y a aussi les lettres avec mon adresse et l'écriture du pêcheur. Je vous les montrerai dès mon retour à la maison. Vous comparerez avec celle de Jean.

« Voilà, j'en ai fini. Maintenant je peux essayer de répondre à vos questions, si vous le voulez. Et puis, je m'en irai. Je vous laisserai en famille. »

Les fils du pêcheur

Nous étions accroupis, c'était le mois de juin. Je ne pourrais pas dire si la Lune nous éclairait un peu mais je ne crois pas. Nous chuchotions, à la manière de nos murmures des matins de Noël, lorsque nous attendions d'entendre les clochettes tintinnabuler. Alors, nous descendions pour découvrir nos cadeaux qui avaient pris l'odeur de la neige carbonique en bombe et de la mandarine.

Nous n'avions pas froid, pourtant Clément tremblait entre Julien et moi. Il y avait aussi Marc, Tony, Matthieu et Arnaud, mes cousins, Jennifer et Alison, mes cousines. Hugo et Marion, encore trop petits, ne sont pas venus avec nous et sont restés dans les jupes de leurs mères. Nous demeurions tout contre la paroi du trou de la charbonnière. On nous avait demandé d'y rester et de nous tenir prêts. Nous serrions dans nos mains les sacs en plastique qu'on nous avait confiés juste avant. Ils étaient déjà grands ouverts.

Même si nos yeux s'étaient habitués à l'obscurité, nous ne pouvions discerner la haute clôture. Elle empêchait la divagation des cerfs en ceignant cette immense forêt d'Ardenay-sur-Mérize, en Sarthe, à la lisière de laquelle la famille avait ses habitudes grâce à une cousine de notre grand-mère. Elle prêtait sa petite maison secondaire à qui voulait depuis les années 1960. C'est là que les parents de notre mère emmenaient leurs six enfants en vacances, l'été. Nous y revenions parfois les longs week-ends, à l'Ascension, à la Pentecôte ou au 14 Juillet. Les adultes y parlaient fort et y riaient jusque tard dans les nuits.

La maison était perchée sur le sommet d'une butte, seule, au milieu d'une clairière. Pour l'atteindre il fallait emprunter, sur plus d'un kilomètre, un chemin qu'on semblait déflorer à chaque fois et qui nous faisait bringuebaler sur nos sièges. Lorsque l'on sortait de la voiture et que l'on ouvrait la barrière pour planter nos tentes canadiennes sur la parcelle, ça sentait le mimosa et la menthe poivrée.

Une rivière, le Narais, un affluent de l'Huisne, bordait la propriété. On s'y lavait pendant notre séjour, comme des sauvageons, rinçant le shampoing dans la petite cascade. On nous avait assuré que l'on pouvait arrêter la chute de l'eau en criant très fort dedans. Cent fois nous y avons bu la tasse.

Le Narais alimentait un modeste étang, presque une mare, dans lequel on pêchait avec nos cannes au coup, des tanches, des poissons-chats, des gardons, des perches et des boers. Ceux-là, nous les surnommions des « Gégés ». Notre père se moquait de ce qu'il appelait ces « faillis poissons » d'eau douce. Une tanche, c'était tout de même moins noble qu'un turbot, il affirmait.

Cinq cents mètres en amont de l'étang on trouvait un vieux moulin abandonné, ouvert aux vents, tuiles manquantes, roue disparue, qui révélait sur sa façade les pierres pâles de la région. Il appartenait à un notaire ou bien à un juge, je ne sais plus. Nous n'avons jamais bravé l'interdiction qui nous était faite de l'explorer.

Tapis dans notre trou depuis de longues minutes, nous entendions les rires de nos mères sous la tonnelle. Elles étaient assises à la grande table nappée des fleurs d'une toile cirée. Même si elles n'étaient qu'à quelques dizaines de mètres de la charbonnière, j'avais l'impression qu'elles se trouvaient à des kilomètres de là. Je crois que nous aurions tous voulu les rejoindre.

Les lumières des lampes de poche de nos pères, que nous guettions avec avidité, faisaient comme des lucioles quand elles apparaissaient au loin entre les feuillages et les grands arbres.

« Je veux partir, a dit Jennifer.

— Non ! On attend encore un peu sinon on va se faire engueuler, a répondu Tony.

— J'ai cru en entendre un, là-bas… a ajouté Marc.

— Mais taisez-vous, donc ! a ordonné Arnaud.

— J'ai peur des dahus, a pleurniché Matthieu.

— Mais t'inquiète pas, mon père a dit qu'on craignait rien, l'a rassuré Julien. On va en capturer un avec notre sac. Il faut juste attendre le signal. C'est quand même pas compliqué. Mon père, il attrape des roussettes tout le temps, c'est des requins les roussettes, alors c'est pas un dahu de rien du tout qui va nous foutre les pétoches !

— Ouais, c'est vrai, c'est pas un dahu qui va nous filer les pétoches alors qu'on n'a pas peur des roussettes ! j'ai dit, bravache, rendu confiant par les paroles de mon petit frère juste avant.

— Moi, j'ai peur des roussettes ! a balancé Clément, je rentre.

— Tu ne peux pas rentrer, on n'y voit rien ! Tu vas te paumer dans la forêt et si ça se trouve il y a des dames blanches ou bien des sangliers dans les fourrés, j'ai répondu.

— C'est quoi les dames blanches ?

— C'est très dangereux, elles font du stop la nuit. Si on les prend en voiture elles crient, elles disparaissent, et on a un accident. Il paraît qu'il y en a aussi dans les bois.

— Et comment tu le sais ?

— C'est Axel qui me l'a dit à l'école. Son père cueille des champignons, il s'y connaît… »

Nous avons refait silence. Clément continuait de trembler.

Tout à coup, il y a eu un cri. J'ai reconnu la voix de notre père : « Regardez Papi ! Il y en a un là ! » et ensuite nos oncles et notre grand-père gueulaient chacun leur tour, parfois ensemble, après le dahu. Ils hurlaient : « Taïaut », « Taïaut », « Taïaut », « Attention il est par là ! », « Faut le bloquer avant qu'il reparte dans la forêt ! », « Envoyez-le vers les gamins », « Ah il est passé entre mes jambes ! », « Oui par ici, c'est bon ! », « Venez les petits ! Courez vers nous ! ».

Le signal. Nous nous sommes élancés en direction de la lumière des lampes du plus vite que nous avons pu. Nos jambes faisaient des moulinets, évitant sur le fil quelques chutes, à la rencontre de nos pères, et de leurs souffles, et de leurs mots, et de leurs grands gestes, qui rabattaient le dahu vers le piège de nos sacs.

On pouvait deviner leurs foulées qui tassaient la terre et se rapprochaient. C'était comme si le sol allait se mettre à trembler, les branches craquaient, les feuilles s'agitaient. Nos yeux étaient tout écarquillés.

Soudain, le dahu est rentré dans le sac de Julien que Loïc, le père de Matthieu et Marc, a attrapé au vol pour empêcher la fuite de la bête !

Mais elle refusait de se laisser prendre ainsi, la bête. Elle se débattait de toutes ses forces à l'intérieur du sac au creux duquel Loïc, sans hésiter, avait plongé son bras avec sa lampe dont la lumière se diffusait maintenant à travers le plastique gris. Et le sac bougeait en tous sens, comme un cerf-volant absurde et fou.

Mon père vint en aide à Loïc pour maîtriser l'animal, et Yann, leur beau-frère qui avait quitté le barbecue pour participer à la traque, fit de même. Tous les enfants demeuraient sans voix devant pareil spectacle de nos pères face à la sauvagerie de l'animal farouche. Il ne leur laissait pas de répit et remuait encore et encore, jusqu'à ce que les hommes n'en puissent plus et, battus, finissent par céder, laissant s'échapper la chimère, qui s'en retourna dans la forêt, sans un cri.

« Eh bien, on a vraiment failli le choper celui-là ! a dit notre grand-père, dommage. Ce sera pour le prochain coup. C'était un beau en plus, un vieux mâle…

— Tu as vu la force que ça a ces machins ?! a ajouté Loïc à l'endroit de mon père qui ne pouvait que constater leur échec.

— C'est cuit pour ce soir, en tout cas. Il a dû prévenir les autres. On peut rentrer. Bravo les petits ! Vous avez assuré, on pourra recommencer demain si vous voulez », nous a félicités Yann.

Mon père a observé l'intérieur de son bras. Puis, il me l'a tendu et m'a fait remarquer une écorchure en l'éclairant de sa lampe, il a dit : « Regarde, Pierre, il m'a mordu juste là, je ne l'ai même pas senti sur le coup… » Clément et Julien ont demandé à voir. Notre père s'est tourné vers eux et leur a indiqué la même marque. Clément avait les yeux gros comme des calots.

Après, nous avons rejoint nos mères à la grande table. Elles nous ont demandé si on leur rapportait un dahu comme promis. Et nous avons raconté chacun notre tour devant leurs visages ébahis l'attente, les cris, la cavalcade, nos sacs, la capture et la fuite, inventant des détails, en omettant d'autres, masquant nos peurs et en rajoutant sur notre courage.

Les adultes ont repris leur conversation. Les enfants sont partis se coucher un à un dans leurs tentes après avoir été rassurés sur une éventuelle vengeance du dahu. J'ai été le dernier à aller au lit.

Je me suis allongé sur mon matelas pneumatique, me suis glissé dans mon sac de couchage sans réveiller ni Clément ni Julien. Mais je ne trouvais pas le sommeil. Je pensais à la dame blanche.

Je me suis relevé, je suis sorti de la tente. J'ai avancé pieds nus, en pyjama, vers la tonnelle, la rosée tombait déjà. Les adultes continuaient de rire et de parler fort. Ils ne me voyaient pas alors que j'approchais. Ils se moquaient. Morts de rire en reparlant du dahu, de la lumière dans le sac, des taïauts et de nos yeux, et je compris qu'ils nous avaient dupés.

C'est la première fois que j'ai haï mon père.

C'était un sentiment que je n'avais jamais connu, la haine, pour qui que ce soit. J'aurais pu aussi en vouloir à ma mère qui était de mèche et à tous les autres, mais je n'en ai voulu qu'à lui. Je l'ai haï parce que je l'aimais de trop.

Il n'y avait pas de connivence dans le mensonge de mon père. Rien qui puisse me faire rêver comme je rêvais des baleines à bosse, des sous-marins et du champagne qu'il disait avoir fait couler dans le périscope. Ces histoires qu'il inventait à la crêperie ou ailleurs et qui me ravissaient.

Cette fois, il avait profité de mon ignorance. Il m'avait menti car il en savait plus que moi. C'était une façon de me dominer. C'était le contraire d'élever. Et si c'était ça, alors il n'était plus mon père. J'en étais dégoûté.

Un jour que je lui racontais l'épisode navrant du dahu, Mathilde avait répondu que ce n'était qu'une petite misère d'enfant. Elle avait raison. Mais cette petite misère m'a longtemps obsédé. J'avais gardé le souvenir parfait et sensible du sentiment que j'avais éprouvé. La façon dont mon ventre m'avait piqué. La façon dont mes dents avaient mordu mes joues pour m'empêcher de hurler contre lui. Le goût de fer, donné par le sang, dans ma bouche.

Je ne crois pas avoir autrement haï mon père. Il ne m'en a pas donné de raison. Ça aurait dû continuer comme ça puisqu'il était mort. J'aurais dû poursuivre ma vie ainsi, transmettre son souvenir à Marcel et à Louise tout naturellement. Dire le gentil papa qu'il était, le grand-père parti trop vite, maintenant quelque part dans le ciel et qui les protégeait. Toutes ces histoires que l'on raconte aux petits garçons et aux petites filles pour les rassurer, en même temps qu'on leur cache la vérité qu'est celle de ces gens qui s'en vont alors qu'on les aime, puisqu'il n'est pas nécessaire, paraît-il, de tout dire aux enfants.

Aux fêtes de l'école de Marcel, je lui aurais raconté les miennes. Je lui aurais parlé des galettes-saucisses, ce plat des kermesses, des supporters de football et des retours de noces, en Bretagne.

J'aurais dépeint à mon fils le ventre rond et le débardeur crasseux de l'homme en charge des saucisses. Je lui aurais donné à voir ses avant-bras d'étourdisseur de cochons. Ce qu'il était. Son matériel : un chauffe-eau coupé en deux en guise d'immense barbecue. Des grilles épaisses et du bois bien sec. Du hêtre plutôt que du chêne. Les saucisses qu'il réservait, une fois cuites, dans une grosse cocotte en fonte éloignée du rayonnement de la braise.

J'aurais dit à Marcel les dix francs que je demandais à mon père, en le dérangeant pendant le concours de boules bretonnes où il jouait en triplette. Et j'aurais évoqué comme on lit un conte cette pièce que je cédais ensuite au monsieur après qu'il m'eut donné la saucisse roulée dans la galette en légère sous-cuisson, juste assez pour que mes doigts collent à la pâte. Et le creux de mon pouce noirci par les pigments de sarrasin. J'aurais expliqué à Marcel le joli temps d'avant. Je lui aurais fait connaître mon père par des choses simples et petites. Ça m'aurait rendu heureux.

Mais il y a eu Benoît Notre-Dame.

Lui qui est venu boiter chez nous.

Lui qui nous a laissés « en famille ».

Lui qui a caressé Kalikoko en s'excusant des larmes que ses mots faisaient couler sur les joues de ma mère, et je revois Fanny poser les mains sur son ventre comme pour protéger son bébé des paroles de cet homme qui s'était invité à Kersaint pour « cracher sa Valda ».

Après, j'ai mis de côté l'écriture de ce livre que je voulais appeler *Le Roman d'*Ar c'hwil.

J'ai essayé cent fois de m'y remettre mais je ne trouvais plus les mots. Ce n'est pas que Benoît Notre-Dame me les avait confisqués. C'était plus terrible : il me les avait volés, sans savoir. Parce qu'il a appelé notre père « mon naufrageur ».

C'est vrai, Benoît Notre-Dame ne pouvait pas imaginer ce que provoquerait l'énonciation de ce mot en moi. Il ignorait tout ce qu'il signifiait dans mon esprit.

Les naufrageurs avaient une place particulière dans les récits de notre père. Il évoquait parfois leurs légendes pour nous faire frémir. Il nous racontait les marins dépouillés. Les fortunes de mer. Les veaux marchant sur le rivage auxquels on accrochait une lanterne entre les cornes, la nuit, et dont le cheminement singeait le mouvement des navires pour attirer les autres sur les brisants. Comme on fait avec les appeaux pour les sarcelles. Il finissait par nous confier que les naufrageurs n'existaient plus, pourtant je vivais dans l'inquiétude que mon père ne se fasse mystifier par un de ces meurtriers que je me figurais comme les croque-mitaines qui se cachent dans nos placards d'enfant.

En l'appelant mon naufrageur, Benoît Notre-Dame a désenchanté mon monde. Il a transformé mon père en croque-mitaine. Je ne voulais pas être le fils du croque-mitaine. Je ne voulais pas être le fils du naufrageur. Je voulais être le fils du pêcheur. Celui avec sa boucle d'oreilles, son joli nez aquilin et ses cheveux toujours pleins de sel et de sable. Je voulais être le fils de Jean.

À l'instant où Benoît Notre-Dame a dit ce mot et que j'ai compris ce qu'avait fait notre père, je l'ai haï et j'ai été soulagé qu'il soit mort. Car sinon, je lui aurais dit trop de mauvaises choses.

Je n'en voulais pas à notre père d'avoir fait tant de mal à Benoît Notre-Dame, parce que comme lui, je pense qu'il n'a pas eu de veine. Il en avait eu avec les jeunes soldats assoupis contre le camion. Mais la chance avait tourné. Il n'y pouvait rien.

Je lui en voulais de ne nous avoir rien dit. Je lui en voulais de nous avoir menti, de s'être servi de la mort de son père, de son absence, de son manque, pour justifier son mal-être et ce regard mélancolique que je croyais être celui de l'enfance perdue, alors que c'était celui, tout aussi tragique, mais je m'en fous, de la culpabilité. Comme si nous étions incapables de comprendre, incapables de l'aider à surmonter son chagrin.

Alors, non seulement notre grand-père était un inconnu pour nous, mais notre père aussi. En ne nous disant rien, il nous avait trahis.

Quand Benoît Notre-Dame nous a confié que notre père lui avait laissé un homard, je me suis mordu les joues de toutes mes forces pour ne pas exploser. J'ai mordu trop fort. J'ai senti le goût de fer dans ma bouche. J'ai douze ans, c'est le mois de juin, il fait nuit et la chimère s'enfuit du sac en plastique de Julien.

J'avais baladé des touristes avec notre père des dizaines de fois. Nous avions pris des homards à chaque promenade ou presque. Jamais notre père n'en avait offert un à qui que ce soit. Il pensait que ce qu'il sortait de l'eau, que ce qu'il dérobait à la mer était le fruit de son travail. Il n'y avait aucune raison de le dévaloriser en l'offrant. Ce n'était pas de la mesquinerie. C'était une chose qui ne se faisait pas, voilà tout. Les maquereaux qu'il laissait aux touristes, il considérait qu'ils faisaient partie du prix de l'excursion.

S'il avait donné ce homard, c'est qu'il *savait* qui était cet homme qui boitait. Il savait ce qu'il lui avait fait, la peine qu'il lui avait causée et les mensonges. Sa trahison. Comme une autre écorchure travestie dans le creux de son bras.

Il savait que cet homme qui boitait était celui vers qui il avait pointé la fusée de détresse. Vers qui il avait tiré. Vers qui il avait fait ricocher le feu sur les pavés. L'homme qu'il avait fait tomber. L'homme qu'il avait cassé en deux.

Avait-il entendu les cris de Benoît Notre-Dame après qu'il se fut écroulé ? Était-il parti en courant, lui, notre père, froussard et lâche, chassé par le gaz des grenades lacrymogènes ? Avait-il vu les autres CRS entourer leur camarade pour le protéger ? Avait-il vu s'envoler les semelles de vent ?

Je n'ai pas mémoire de ce jour-là. Je n'ai pas mémoire de la fête de mes dix ans. Je n'ai retrouvé aucune photo. Je sais seulement qu'il n'était pas présent, que ça n'avait pas été un drame.

En revanche, je me rappelle bien de la vidéo du CRS écrasant la crosse de son fusil sur le crâne d'un pêcheur ; on la trouve facilement sur Internet. Je l'ai revue. Elle m'a glacé. Mais jusqu'à la rencontre avec Benoît Notre-Dame, je n'ai jamais fait le lien entre la flamme minuscule de mes bougies et le grand incendie du parlement.

J'ai de vagues souvenirs de l'ambiance de cette époque. Notre père disait sans se cacher ses inquiétudes à notre mère. Il se posait la question de licencier Tristan, son matelot, dont le salaire lui coûtait trop cher, et notre mère lui rappelait qu'il ne pourrait pas aller pêcher seul. Il ne voyait pas comment s'en sortir mais refusait, ainsi que je l'ai déjà écrit, de renoncer à *Ar c'hwil*.

Pour aider notre foyer, ma mère a pris un travail à temps partiel, au tourniquet d'un couvoir, à quelques kilomètres de la maison. Elle y « sexait » – ça faisait rigoler les copains quand je le leur disais – des poussins de cinq heures du matin à onze heures, préservant les femelles et sacrifiant les mâles. Elle nous laissait nous préparer seuls dans la nuit avant qu'une voisine nous conduise à l'école. De retour à la maison, elle faisait les tâches administratives pour notre père. Ça avait duré deux ou trois ans, le temps que les affaires repartent. Elle n'avait pas aimé l'usine où les autres filles lui reprochaient sans mot dire de prendre la place d'une plus pauvre. Elles considéraient qu'on vivait bien de la pêche.

Après le départ de Benoît Notre-Dame nous sommes restés interdits. Julien a été le premier à reprendre la parole. Il a dit à Jérémy : « Viens mon chat, on va faire un tour. Tu pourras fumer ta clope. »

J'ai allumé les lumières extérieures. J'ai mis ma veste et je les ai rejoints peu après sur la petite terrasse à flanc de falaise. Ça caillait.

J'ai remarqué qu'il y avait de la mousse sur les dalles, ce qui m'a agacé. Clément est arrivé à ce moment-là, j'ai râlé : « Putain, tu pourrais filer un coup de Kärcher sur les dalles de temps en temps, ça fait vraiment dégueulasse ! » Il a été surpris. Il m'a répondu que le Kärcher était dans le garage et que si je n'étais pas content j'avais qu'à me démerder avec. J'ai pris mon air supérieur et j'ai dit du tac au tac que s'il n'était pas capable de prendre soin de ma maison on allait augmenter son loyer et avec ça prendre un jardinier pour l'entretenir. Il a fait demi-tour aussi sec en marmonnant, vexé, et il est rentré. Je m'en suis voulu tout de suite.

Julien m'a demandé ce qu'il me prenait de parler comme ça à Clément. Je n'ai pas répondu et Jérémy nous a conseillé de nous calmer pour ne pas dire des mots que nous regretterions ensuite. Lui aussi avait été retourné par l'histoire de Benoît Notre-Dame et il imaginait comme nous devions être bouleversés. Mais il fallait s'apaiser. Il a fini par dire que dans toutes les familles il y avait des secrets, plus ou moins grands, plus ou moins infamants. Celui-là, qu'on le veuille ou non, n'était pas le plus déshonorant. Et notre père avait essayé de se racheter. On pouvait au moins lui accorder ça. J'ai répondu : « Peut-être que ce n'est pas le secret le plus déshonorant, mais il est le nôtre, et il lui manque sa jambe, au gars. »

La bruine s'est mise à tomber en même temps que la marée commençait de monter mais nous ne sommes pas rentrés. Je pensais au bateau vert et orange de la

SNSM au loin, bien peinard, que je ne pouvais plus voir par la faute de la nuit. Notre mère est arrivée pour nous demander de venir nous mettre à l'abri, ou bien on allait « attraper mal ». Nous l'avons écoutée comme nous faisons toujours.

Clément jouait à l'épée avec Marcel dans le salon. Je suis allé le voir et je lui ai demandé de m'excuser pour le Kärcher. Il a répondu dans un sourire qu'il allait le passer, que j'en étais incapable de toute façon. « T'es vraiment trop un Parisien, y a rien à faire et tu le sais », il a ajouté, en même temps qu'il piquait le ventre de Marcel avec son sabre en mousse.

J'ai prévenu Mathilde que je n'avais pas vraiment le goût à faire la fête. On mangerait un petit truc tranquille, je soufflerais mes bougies pour faire plaisir à notre fils et c'est tout. Elle m'a répondu que l'on ferait comme je voulais, c'était mon anniversaire. « En plus, ça porte malheur de le fêter en avance », j'ai ajouté. Mathilde m'a embrassé sur la joue et a conclu : « Va mettre la table au lieu de raconter des conneries. »

Le dîner a été agréable et on a fait la fête au final. Clément nous a offert un superbe saint-pierre que l'on a cuit en croûte de sel avec une fondue de poireaux toute simple mais délicieuse, citronnée juste comme il faut. J'avais apporté un vieux magnum de pouilly-fuissé de la maison Valette, la cuvée Le Clos de Monsieur Noly, 2007. C'était énorme. Nous nous sommes régalés.

Nous n'avons pas parlé de notre père ni de Benoît Notre-Dame pendant le repas. Ma mère a tout de même pris la parole juste avant le dessert pour jurer sur nos têtes qu'elle ne savait rien de toute cette histoire. On n'avait pas osé lui demander même si nous y avions tous pensé. Nous ne voulions pas la tourmenter davantage.

J'ai vu qu'elle allait se mettre à pleurer alors j'ai dit qu'on en recauserait une autre fois. Je me suis levé. Elle est restée assise. Je suis allé la rejoindre dans son dos, j'ai passé mes bras autour de ses épaules. Je me suis appuyé contre elle et Mathilde nous a pris en photo avec son téléphone. Le lendemain soir, ma mère l'a postée sur son mur Facebook. Elle a légendé : « Les plus beaux bijoux que porte une femme autour du cou sont les bras de son enfant », le genre de citations bidon qu'on lit sur Internet. Elle adore. Ça me fait lever les yeux au ciel. Cette fois, j'ai trouvé ça très beau et ça m'a ému.

La soirée a continué. J'ai soufflé les bougies avec Marcel et ma Louisette sur les genoux. J'ai pensé à Benoît Notre-Dame et à ses deux filles.

On m'a offert les cadeaux. Julien a dit :

« Je ne sais pas si c'est le bon moment. J'ai une surprise un peu spéciale. Mais, peut-être que ça tombe mal…

— Ça ne tombe jamais mal ! Surtout quand c'est pour moi, t'inquiète. »

Je me voyais déjà avec une superbe montre au poignet. Au lieu de ça, il a sorti trois enveloppes. Il les a distribuées à notre mère, à Clément et à moi. Nous les avons ouvertes.

À l'intérieur, il y avait une carte sur laquelle Julien avait écrit quelques mots qui nous indiquaient un rendez-vous à l'hôpital de Brest avec un horaire différent pour chacun. Nous n'avons pas compris. Alors il a précisé :

« J'espère que vous n'avez pas peur des piqûres. Vous avez rendez-vous lundi pour vous faire vacciner contre la fièvre jaune.

— Je le suis déjà, moi, a dit notre mère.

— Alors c'est bon maman…

— Et pourquoi on doit se faire vacciner ? a demandé Clément.

— Parce que j'aurais bien voulu vous inviter tous les trois au Sénégal en septembre, ce n'est pas tout de suite mais ça laisse le temps de vous organiser. J'ai déjà pris les billets d'avion et réservé l'hôtel. Khalid est au courant, il y sera en même temps que nous.

— T'es encore plus friqué que ce que je croyais ! » a plaisanté Clément, en dissimulant mal la joie qu'il ressentait devant un tel cadeau.

Julien lui a souri. Il a ajouté : « J'ai pensé que ce serait bien qu'on prête nos yeux à papa… »

Je me suis approché de Julien pour le remercier en lui faisant une bise. Mais j'ai eu une bouffée d'amour. Et il m'a serré dans ses bras. J'ai pleuré comme Clément avait pleuré dans les miens. Comme un bébé.

Nous avons dansé et chanté ensuite dans le jardin d'hiver. Louise est restée tard avec nous. Notre mère a fini par aller se coucher en même temps que Fanny qui sentait que son ventre commençait à tirer. Mathilde les a suivies pas longtemps après. Jérémy a eu la délicatesse de nous laisser entre frères.

Il ne pleuvait plus. On s'est habillés avec nos polaires, nos parkas et nos bonnets. On est sorti dans le jardin, boire des coups sur les vieux bains de soleil. Julien et moi avons enveloppé nos jambes dans des couvertures, mais pas Clément. Il sait ce qu'est le froid.

On a continué de déboucher en mode rafale et de causer. On ne voulait pas que ça s'arrête. Nous voulions que la nuit s'allonge, comme si elle était là rien que pour nous. J'ai regardé les quelques étoiles qui apparaissaient entre les nuages et j'ai dit : « Vous croyez qu'il est là-haut ? » et ces deux idiots ont explosé de rire en se foutant de moi et en me comparant à Pumba, le phacochère du *Roi lion*, à cause de cette scène où il s'interroge avec Simba et Timon sur l'origine des étoiles.

J'ai compris immédiatement l'allusion. J'ai dit : « Mais vous êtes deux andouilles. On ne peut rien dire de beau dans cette famille, vous ignorez tout de la poésie.

— Vas-y Pumba, récite nous un poème qu'on se marre ! » a répondu Clément, narquois comme il sait l'être quand une chose le fait rigoler.

Et j'ai ri de moi, avec eux.

Après, nous sommes revenus sur les mots de Benoît Notre-Dame, en nous disant que c'était tout de même incroyable qu'on n'ait rien su, que notre mère n'ait jamais vu les sous qu'il envoyait, que notre père n'en ait jamais parlé à qui que ce soit.

Julien a dit qu'il avait dû se sentir très seul pendant toutes ces années. Et j'ai répondu que c'est lui qui avait choisi cette solitude. Nous n'avions pas à le plaindre et encore moins à culpabiliser pour ça.

Déjà, le sentiment de trahison et la colère provoqués par les mots de Benoît Notre-Dame étaient en train de naître en moi. Ils grandissaient dans mon ventre ou dans mon cœur, je ne sais pas. Ils luttaient contre l'amour et l'admiration que j'avais pour mon père.

C'était le premier soir de la lutte. Elle a duré des mois.

Parfois, un sentiment prenait le pas sur l'autre et alors je pouvais être gai et enthousiaste, ou bien, à l'inverse, je faisais l'expérience d'aspects plus sombres de ma personnalité que je ne me connaissais pas jusqu'ici. Ça m'a beaucoup déstabilisé.

Heureusement, Mathilde était là. Pour la première fois, nous avons commencé à parler ensemble de la mort de nos pères. De leurs héritages. Et de notre façon de continuer à les faire vivre pour nos enfants. Comme je l'ai dit, j'ai mis très longtemps à pouvoir reparler de mon père à Marcel – Louise est encore trop petite – car je ne voulais pas inventer un personnage. Je voulais lui donner à voir son grand-père tel qu'il était. Mais je ne savais plus qui il était.

Mathilde m'a confié que c'était une chose normale de s'interroger. En ce qui la concernait, rien n'aurait pu la faire se détourner de son père et de « ses pieux mensonges ». Elle m'a dit : « Il mentait et alors, ça faisait partie de sa personnalité aussi… On s'en fiche. »

Elle m'a raconté cette fois, quelques années avant que l'on se retrouve, où elle n'avait pas vu son père pendant près de deux mois. Il lui avait caché qu'il était hospitalisé à la suite d'un grave accident… « C'était pour me protéger, pour ne pas que je m'inquiète », elle a précisé. Il faut toujours qu'elle le défende.

Pendant ces mois où je n'ai pas parlé de mon père, Mathilde a pris le relais en effleurant souvent, avec

Marcel, l'histoire de celui qu'elle appelait « Jeannot » pour le taquiner.

Ce premier soir, c'est la joie qui a gagné. Parce que je parlais avec mes frères, que j'avais entouré ma mère de mes bras juste avant, et que j'avais Mathilde, et Marcel, et Louise qui dormaient pas loin. Eux, je les boufferais.

Clément est parti dans le garage et en est revenu avec une bouteille de chez Nicolas Reau, un vigneron dont j'adore le travail.

Je crois que c'est à ce moment que la soirée a basculé.

J'ai senti sur ma langue la caresse du cabernet mûr comme il faut, et l'euphorie m'a saisi. J'ai regardé Clément, j'ai dit :

« Qu'est-ce que c'est bon, ça ! Merci ! Tu te souviens de la première fois où je t'en ai fait goûter ?

— Cette cuvée-là ?

— Oui, L'enfant terrible, 2014, l'année de Marcel.

— Je me la rappelle pas.

— Mais si ! On l'a bu le jour où Bardet a gagné l'étape à Saint-Gervais.

— Ah oui, c'est vrai ! J'étais tellement dégoûté de la chute de Pierre Rolland ce jour-là. Bardet nous en a consolés un peu… pour une fois, tu nous as payé un coup de bon, a souri Clément.

— J'aurais bien voulu être des vôtres. Parce que c'est vraiment grand, L'enfant terrible ! a dit Julien.

— C'est drôle qu'on ait toujours aimé le vélo alors que le reste de la famille n'en a rien à faire, a noté Clément.

— On n'aime pas le vélo… On aime le Tour de France, nuance, mon cher », a précisé Julien en parlant comme Jean Gabin dans *Un singe en hiver.*

J'ai compris qu'il commençait à être touché. Il ne tient pas l'alcool, le Suisse. *Il va encore nous rejouer la scène du Yang-Tsé-Kiang*, j'ai pensé. Ça n'a pas loupé :

« Madame ! Le droit de navigation sur le Yang-Tsé-Kiang nous est formellement reconnu par la convention du 3 août 1885. Contesteriez-vous la chose ?

— Je ne conteste rien ! Je vous demande simplement de ne pas tout me casser comme l'autre jour… » j'ai répondu pour lui faire plaisir, et je me suis tourné vers Clément.

Je lui ai redemandé un verre de Reau.

Il m'a resservi.

Après, il y a un trou d'environ deux heures durant lesquelles j'ignore ce que nous avons fait. Il y a fort à parier que nous avons continué de nous arsouiller, puisque la première image qui me vient ensuite c'est moi, penché au-dessus de la cuisinière, avec un œil à moitié ouvert. J'ai une longue aiguille souple dans la main, une de celles dont Clément se sert pour l'*Ikijime.* Clément est à côté de moi, il me conseille :

« Il faut que tu la rapproches beaucoup plus de la plaque, elle chauffera jamais sinon !

— Mais je te dis que je suis collé à la plaque… Laisse-moi trente secondes.

— Chauffe-la à blanc, ou bien ça ne marchera jamais !

— Trente secondes, OK ? Trente secondes… Tu peux quand même laisser trente petites secondes à ton grand frère. Tu te rappelles que c'est mon anniversaire ? Je vais réussir à la faire chauffer cette connerie… Ah mais attends, tu rigoles là ?! C'est de l'induction ta plaque ! Ça fonctionnera jamais. T'aurais pu me le dire avant que c'était une plaque induction, c'est pas une aiguille pour l'induction, il aurait fallu une aiguille spéciale… On a perdu un temps précieux. Très précieux ! Je vais chercher un briquet. Attends-moi là. Ne bouge pas d'un millimètre. C'est d'accord ? Pas d'un millimètre, tu me le promets ? J'arrive ! »

Je suis revenu avec le briquet et les bougies en forme de trois et de cinq. En faisant un grand geste du bras, j'ai ordonné à Clément : « Suis-moi », et nous sommes sortis par la porte du jardin d'hiver pour rejoindre Julien qui nous attendait sur son transat en caressant Kalikoko et en lui marmonnant des mots d'amour.

Je me suis arrêté tout à coup et j'ai dit à Clément : « Écoute-moi bien ! T'es quelqu'un de 'ceptionnel, laisse jamais personne te dire le contraire. Tu m'entends ? Personne. On est plus que des frères maintenant. Et l'autre con là-bas avec sa grosse bagnole c'est pareil, c'est quelqu'un de 'ceptionnel. Et je vous aime ! Il faut que l'on se voie plus souvent. C'est important. Y a rien de plus important que la famille… Oh merde, mon lacet est défait, attends, je vais le refaire. Oh bah mince alors, je sais pas ce qu'il a ce lacet, il veut pas se laisser manipuler. J'arrive pas à former la boucle… Oh et puis on s'en fout des lacets, on est libres, nom de Dieu ! »

J'ai trébuché et me suis relevé aussitôt. Nous nous sommes dirigés vers Julien. Les petites vagues tapaient contre la falaise. Je lui ai dit : « Allez hop, c'est toi qui passe en premier à la casserole. » Clément a ouvert le sac à main de notre mère qu'il avait récupéré juste avant et il y a fouillé pour prendre son stylo-plume.

Malheureusement pour nous, la cartouche à l'intérieur n'était pas tout à fait vide. Julien a demandé :

« Elle écrit en noir ou en bleu, maman ?

— On verra bien », a répondu Clément.

Je ne parlais plus. Je me concentrais du mieux que je pouvais avec le bout de la langue qui remontait sur le côté de mes lèvres. Je louchais sur la flamme du briquet qui chauffait l'aiguille à blanc. J'ai pris le poignet de Julien dans ma main droite et j'ai demandé en avalant la moitié des syllabes :

« J'espère que t'es vacciné contre le tétanos mon coco, t'es prêt ?

— Bien sûr que je suis prêt, j'ai même jamais été aussi prêt !

— Je te préviens que tu vas avoir extrêmement mal… C'est parti, mon kiki. »

J'ai piqué et creusé la peau à la jointure du pouce et de l'index. Julien a serré les dents. Il jonglait si fort qu'il avait du mal à respirer. Je me suis appliqué. Clément a fait couler la goutte d'encre le long de l'aiguille. On a répété l'opération trois fois. Puis, ça a été le tour de Clément qui n'a pas bronché ; je me suis demandé si j'avais chauffé l'aiguille assez fort pour lui. Enfin, Julien m'a piqué. Je ne disais rien. Les larmes de douleur parlaient pour moi.

Nous nous étions tatoués tous les trois.

À la fin, Julien a affirmé en admirant sa main : « Ze peux te dire qu'il aurait été drôlement fier de nous, papa ! »

J'ai été réveillé par Marcel qui me secouait l'épaule. Il était en pyjama. Mes dents claquaient. J'étais frigorifié, trempé par la rosée. Julien, Clément et Kalikoko n'étaient plus là. J'ai regardé la bouille de mon fils et je lui ai dit avec la voix d'Annie Girardot : « J'arrive dans deux minutes mon lapin, dis-le à maman. Rentre vite à la maison, tu vas être malade. »

Je suis passé par le salon. J'ai dit aux filles et à Jérémy qui prenaient le petit déjeuner : « Salut… » Rien d'autre. Je suis monté me recoucher dans mon lit.

Je me suis levé quelques heures après. Mes draps sentaient la vinasse. J'avais une obsession, une seule : celle de trouver une bouteille d'eau.

J'ai filé dans la douche. J'y suis resté de longues minutes pour décuver un peu avec le sentiment d'avoir perdu sept ou huit ans d'espérance de vie.

J'ai commencé à me savonner et j'ai dit : « Oh merde… » Je venais de découvrir sur le haut de ma main gauche les trois points en forme de triangle équilatéral – le « mort aux vaches » – incrustés, bien profond.

Et ça m'est revenu en partie, la cuite et le tatouage pour rendre « hommage » à notre père. J'ai pensé que nous étions vraiment trois débiles. Tout à coup, j'ai senti l'angoisse. J'ai regardé mon épaule et j'ai constaté satisfait qu'on ne s'était pas mis en tête de se tatouer la sirène aux seins nus. On avait su s'arrêter avant. Raisonnables que nous sommes. Avant de quitter la salle de bains, j'ai vérifié tout de même mes lobes d'oreilles pour m'assurer qu'ils n'étaient pas percés et qu'on n'y avait pas mis de petit anneau, on n'est jamais trop prudent.

Je suis descendu. Tout le monde était à table. Mathilde a dit : « Montre-moi ta main ! » J'ai pensé : *aïe, aïe, aïe*. Je lui ai tendu la main comme fait un enfant aux ongles sales à sa mère. Elle a regardé. Elle a eu une moue de dépit et elle a dit : « Et encore, c'est toi qui t'en sors le moins mal des trois… »

Clément et Julien m'ont présenté le revers de leur main. J'ai constaté le carnage. Je les avais tatoués n'importe comment. Les points sur la main de Julien étaient espacés de trois ou quatre centimètres, sans aucune régularité, dans une sorte de triangle informe. Ceux de Clément étaient dans la même veine. Sauf que lui, je l'avais tatoué à cinq endroits. Je n'ai rien pu faire d'autre que d'éclater de rire et de les aimer encore plus fort.

« Au moins, a dit Clément, je ne me ferai pas embêter par les gendarmes. C'est impossible de comprendre que c'est un "mort aux vaches" ton crobard… »

On a tous mis un pansement sur nos mains. Julien a passé son repas le nez sur son téléphone à chercher un endroit pour se faire retirer le tatouage au laser avant son départ pour la Chine.

Nous sommes rentrés le soir même à Paris avec Mathilde et les enfants. Julien et Jérémie ont pris l'avion pour la Suisse. Ma mère a regagné sa maison du lavoir et des bouleaux.

Clément a honoré le rendez-vous et est allé le lendemain à l'hôpital se faire vacciner contre la fièvre jaune. Je l'ai fait aussi, à Paris, quelques semaines plus tard.

C'était la dernière fois que nous étions tous réunis avant plusieurs mois, mais on ne le savait pas.

La petite monnaie

Adèle est née. Le jeudi 4 juillet. J'ai reçu une notification qui indiquait que Clément avait publié sur notre groupe secret Facebook. J'ai vu la photo de ma première nièce, un petit morceau de viande rose, fripée, avec un bonnet de laine sur la tête, et le coin des yeux encore jauni par les restes d'un produit médical.

Nous avons décidé d'aller voir le bébé au plus vite. Nous avons pris la route de la Bretagne le samedi matin, celui des grandes vacances et des bouchons qui les accompagnent. Ça n'avançait pas et Louise râlait dans son siège. On s'est arrêtés au bout de deux heures sur une aire d'autoroute. Nous n'avions même pas encore atteint Chartres. L'idée m'est venue à ce moment-là. Peut-être que j'y pensais depuis longtemps.

J'ai envoyé un message à Benoît Notre-Dame pour savoir si nous pouvions passer le voir. Il a répondu qu'il nous recevrait avec plaisir pour le déjeuner. Il nous préparerait un « poulet-frites ». C'était sa « spécialité ». J'ai dit que nous ferions tout pour être à l'heure mais qu'avec les embouteillages ce serait peut-être difficile. Il a répondu : « Ne t'en fais pas, j'ai tout mon temps.

Mes filles sont à la maison. La grande repart aux États-Unis demain. Elles seront heureuses de vous rencontrer, toi, Mathilde et vos enfants. »

J'ai annoncé à Mathilde que nous faisions un détour pour aller déjeuner chez Benoît Notre-Dame. Elle a dit d'accord sans demander davantage d'explications.

Nous sommes arrivés à l'heure dans la cour de la grande ferme. Benoît Notre-Dame était sur le pas de la porte de sa dépendance. Il nous a fait un petit signe de la main. J'étais content de le revoir. Il faisait très chaud mais il était en pantalon. J'ai pensé qu'il ne s'était pas mis en short pour ne pas nous choquer ou faire peur à Marcel.

Apolline et Julie étaient près de lui. Il y avait aussi le compagnon d'Apolline, Geoffrey, qui se tenait un peu en arrière.

« Ma mère et mes sœurs ne seront pas là. Elles vous passent le bonjour », a dit Benoît Notre-Dame, en même temps que je lui serrais la main. Ses filles nous ont fait la bise. J'avais l'impression d'une cousinade.

Benoît Notre-Dame nous a fait visiter la ferme : le robot flambant neuf pour la traite automatique des vaches ; les hangars pour les machines ; la maternité pour les veaux. Marcel était heureux comme tout de leur gratter la tête et de se faire lécher le tee-shirt par leurs langues râpeuses.

Benoît Notre-Dame lui a proposé de faire un tour de tracteur. Marcel m'a regardé. Je lui ai dit : « Vas-y mon lapin ! Ça va être super. » Benoît Notre-Dame l'a saisi par la taille. Il l'a soulevé jusqu'à la porte puis l'a rejoint avec difficulté dans la cabine du gros Fendt vert impérial. J'ai pensé à Mercier et sa roulée éteinte dans un coin de la bouche qui voyait courir petit Clément à travers le jardin, lever la main vers le ciel et hurler : « Hey, salut Mercier ! »

Marcel s'est assis sur le genou droit de Benoît Notre-Dame et ils sont partis dans le champ à côté. Je n'ai pas osé demander comment Benoît Notre-Dame faisait pour débrayer avec sa jambe en alu. Si ça se trouve c'est automatique ce genre d'engin. Je n'y connais rien.

Marcel était fou de joie. Apolline et Julie regardaient leur père conduire le tracteur avec un immense sourire. Elles étaient enchantées.

« C'était trop bien », a dit Marcel en descendant. Nous sommes retournés vers la maison de Benoît Notre-Dame. Il nous a invités à entrer. J'imaginais un taudis. Au contraire c'était bien tenu, un peu vieillot mais parfaitement propre. « Impeccable », comme aurait dit Tristan.

Au-dessus de la cheminée il y avait les coupes et les trophées de jeunesse de Benoît Notre-Dame. J'étais impressionné et j'ai compris mieux encore la difficulté à se remettre de ce malheur cruel et laid qu'était cette jambe perdue. Il a précisé : « J'en ai trois fois autant à l'étage, sans compter les médailles. »

Sur le mur perpendiculaire à celui de la cheminée se trouvait la bibliothèque avec les deux cents livres envoyés par notre père. Je m'en suis approché. J'ai observé les tranches, reconnu quelques-uns des rares bouquins qui avaient traîné à la maison, dont *Jamais sans ma fille*, un livre à la mode dans les années 1990 et qu'avait lu ma mère.

Il n'y avait aucune cohérence dans le choix des textes. Aucun message à passer. Notre père devait acheter la plupart à la volée, pour pas cher, dans des dépôts-ventes ou chez des bouquinistes. Et quand il n'en avait pas, il prenait ceux qui lui tombaient sous la main à la maison. J'ai compris que les livres étaient un simple moyen d'envoyer les billets. Rien de plus. Je ne l'ai pas confirmé à Benoît Notre-Dame qui s'en doutait, pour ne pas le décevoir. Tout n'était pas terrible, loin de là, et ça faisait beaucoup d'arbres abattus pour rien, mais il y avait aussi de bons livres.

« Ils sont tous là ? j'ai demandé.

— Oui, tous. Sans exception. Et il n'y en a aucun autre. Je n'ai jamais acheté un bouquin de ma vie. Ce n'est pas une fierté mais c'est comme ça. Maintenant je les relis. Un par mois. J'ai commencé par le bas. J'ai relu les Clavel au printemps. C'était encore mieux que dans mes souvenirs. J'en ai pour presque vingt ans… Ce que je regrette, c'est de ne pas les avoir rangés dans l'ordre dès le début. Je l'ai fait seulement à partir des cinquante derniers. Ce sont ceux-là. Tout en haut, il y a *Mon traître*. L'ultime. La prochaine fois que je le lirai j'aurai plus de soixante-dix ans…

— Non, mais j'hallucine ! » je l'ai interrompu.

Benoît Notre-Dame m'a regardé, étonné. J'ai retiré de la bibliothèque *Gridi. Lapin des bois.* J'ai appelé Mathilde et je lui ai dit : « Viens voir un peu, il m'a même piqué ma méthode de lecture de CP ! Non mais franchement ! Il avait aucun respect, en fait… » Ça a fait sourire Mathilde, elle a dit : « C'est bien ton père, ça. Rien à foutre de rien. » J'ai regardé s'il y avait encore la fiche avec mon nom à l'intérieur de la première page, mais elle avait été ôtée. Peut-être par mon père, pour ne pas donner d'indice à Benoît Notre-Dame.

En revanche, il restait encore les traces des mots que j'avais entourés, celles des syllabes que j'avais coupées, et les premiers exercices d'écriture que j'avais réalisés.

J'ai remis le livre à sa place et j'ai demandé à Benoît Notre-Dame :

« L'as-tu lu, finalement, *L'Homme aux semelles de vent* ?

— Oui, il l'a lu, a dit Apolline qui venait de nous rejoindre.

— Deux fois d'affilée ! » a précisé son père, fier comme un paon.

Nous avons déjeuné dans le jardin. Ça sentait la ferme. Benoît Notre-Dame nous a proposé un petit apéritif local et du vin à table. Comme je conduisais, je me suis contenté d'un peu d'eau. Benoît Notre-Dame a fait comme moi. J'étais content pour lui. Les filles et Geoffrey ont bu l'apéritif et le vin.

Benoît Notre-Dame nous a apporté son poulet, « de ma basse-cour personnelle, il a précisé. C'est moi qui l'ai élevé ce poulet-là, plumé et vidé. Bio, pas un pet de produit chimique. Vous allez m'en dire des nouvelles. Et les frites ce sont les patates de ma sœur. Bon, c'est pas vraiment du bio. Disons qu'ils mettent le moins de produits possible. Vous voyez ce que je veux dire… Et puis je les ai plongées dans trois bains d'huile. C'est le secret pour avoir des bonnes frites. Les trois bains d'huile ».

C'était un délice.

« Vous ne deviez manger que du poisson à la maison ? il m'a demandé.

— Pas plus que ça. Je dis tout le temps que j'ai été élevé au pâté Hénaff et au jambon sous Cellophane. Ma mère cuisinait comme un pied. Pourtant elle venait de la restauration, mais ça ne l'intéressait pas de faire à manger. Ce sont mes frères et moi qui lui apprenons maintenant. Et elle s'est offert un robot qui fait presque tout pour elle. Quand mon père voulait lui faire plaisir, il lui prenait cinq cents grammes de bulots cuits qu'il achetait au supermarché et un pot de mayonnaise, tu vois un peu.

— Les cordonniers les plus mal chaussés en somme…

— C'est exactement ça. »

Après cette anecdote et ainsi qu'il nous avait parlé de sa vie, Benoît Notre-Dame m'a demandé de raconter la nôtre. Comme on le sait, je ne trouvais plus les mots. Mais je n'ai pas voulu avouer que c'était de la faute des siens.

Alors j'ai dit ce que j'avais déjà écrit. Et je lui ai raconté *Ar c'hwil*. Le petit chantier naval. L'annonce du naufrage. Les coquillettes au beurre que Clément balançait aux truites. Les soldats assoupis et les mains de mon père. Le ciel de Brest. Les sous-marins. J'ai dit aussi Khalid, l'accident de voiture de Philippe, la rencontre entre mes parents, le bras cassé de Julien. Kalikoko.

« Il chantait, Jean ?

— Oui, il chantait super bien… C'est une chose qu'on ne pourra pas lui enlever.

— Tu l'as enregistré ? Ça te dérangerait de me faire écouter ? Si c'est trop délicat, je comprendrais. »

J'ai hésité. Pas pour lui, mais pour moi. Je n'avais plus entendu le son de la voix de mon père depuis sa mort. J'en étais incapable. Pourtant, j'ai accepté. J'ai dit : « Oui, bien sûr. » Mathilde a caressé ma cuisse. J'ai senti mon menton trembler. Mais j'ai résisté. C'était le moment.

J'ai cherché des vidéos dans mon téléphone. J'en ai trouvées quelques-unes de bonne qualité. Trois ans avant, j'avais filmé mon père avec des copains à lui dans un petit bar qu'il aimait bien : le *Min-Koat*. J'ai lancé la musique. Mathilde m'a demandé d'arrêter. Elle a dit : « On ne va pas l'écouter comme ça ! » Elle a filé au petit trot, jusqu'à la voiture. J'ai vu qu'elle commençait à fouiller à l'intérieur. Je ne comprenais pas.

Mathilde est revenue. Elle avait dans la main notre petite enceinte portative et elle a dit : « Ce sera quand même mieux. » J'ai pensé qu'elle avait raison. Elle l'a posée au centre de la table. J'ai relancé la musique. Geoffrey a tiré sur sa cigarette.

L'accordéon de Sinus et la guitare de P'ti Pierre, les instruments des amis, se sont répondus. « Le titre de celle-là c'est "Ar-Zenith" », j'ai précisé. Et mon père s'est mis à chanter de sa voix si jolie :

C'est un bateau
un vieux bateau
Qu'allait mourir

Qu'allait mourir
Comme une épave abandonnée
Alors on a tous fait la chaîne pour le sauver
Pour qu'il témoigne des combats pour la liberté

Son nom est Ar-Zenith *courrier de l'île de Sein*
qui mit le cap sur l'Angleterre le 19 juin 40
Quatre hommes d'équipage
Vingt jeunes du cap Sizun
Le lieutenant Dupont et ses chasseurs alpins

Il fut construit par Keraudren à Camaret
Avec du chêne on fit ses membrures, ses bordées
Il tenait la mer et naviguait comme un poisson
Avec son foc, sa grand-voile et son artimon

Son nom est Ar-Zenith *courrier de l'île de Sein*
qui mit le cap sur l'Angleterre le 19 juin 40
Quatre hommes d'équipage
Vingt jeunes du cap Sizun
Le lieutenant Dupont et ses chasseurs alpins

Il était là dans la rivière de Penzé
Avec l'eau douce qui peu à peu le pourrissait
Quille brisée au long du quai du désespoir
Et les enfants l'utilisaient comme plongeoir

Son nom est Ar-Zenith *courrier de l'île de Sein*
qui mit le cap sur l'Angleterre le 19 juin 40
Quatre hommes d'équipage
Vingt jeunes du cap Sizun
Le lieutenant Dupont et ses chasseurs alpins…

Nous avons écouté la chanson jusqu'à la fin. J'ai coupé la vidéo au moment des applaudissements. Nous aurions pu reprendre le refrain à l'unisson. Il était fait pour ça. Mais comme les spectateurs du *Min-Koat* nous avons profité, en silence, du chant de mon père.

« Magnifique… », a dit Benoît Notre-Dame.

Il était ému.

Je n'ai pas répondu.

« On pourrait en écouter une autre, s'il te plaît ? a demandé Julie.

— Tu n'as pas "Kalikoko" ? a suggéré Mathilde.

— Non malheureusement, je n'ai aucun enregistrement de "Kalikoko". Cela dit, ça va nous éviter une tentative de suicide collectif.

— Moi, ça me donne envie de chanter ! s'est enthousiasmée Apolline.

— J'en ai une pour ça. C'est une chanson à virer. Quand on remontait des filets ou des casiers à bord avant que tout ne soit mécanisé. C'est pour donner le rythme, pour coordonner l'effort et le rendre moins pénible. Celle-là, on doit la reprendre en chœur. On répète "comme l'a fait mon père" et "comme le font les garçons", la suite va vous venir toute seule. On enquille aussi le refrain. »

Je m'suis embarqué pour les bancs
Comme l'a fait mon père
Je m'suis embarqué pour les bancs
Dès que j'ai eu mes quatorze ans

Comme le font les garçons dans l'air
Comme le font les garçons
Comme le font les garçons dans l'air
À Saint-Malo, à Saint-Servan

En quittant le bassin Vauban
Comme l'a fait mon père
En quittant le bassin Vauban
J'ai dit au revoir à mes parents

Comme le font les garçons dans l'air
Comme le font les garçons
Comme le font les garçons dans l'air
À Saint-Malo, à Saint-Servan

Je pleurais mais j'étais content
Comme l'a fait mon père
Je pleurais mais j'étais content...

Geoffrey battait la mesure avec deux cuillères à soupe. Nous chantions de plus en plus fort. J'ai augmenté le volume de l'enceinte. Nous avons continué d'écouter d'autres chansons et de répondre à mon père. J'ai pensé que c'était formidable de vivre ça. Un grand moment.

À la fin, mon père a chanté *a capella* « Les Roses d'Ouessant ». On s'est tous tus. On a trouvé ça beau comme y a pas.

De Santander à Copenhague, jamais bateau trouant la vague n'a fait une escale en passant à l'île d'Ouessant. Et si le pilote à la barre connaît le nom de chaque phare, vous ne saurez pas le visage de celles qui, sur le rivage, regardent les bateaux passant au large d'Ouessant. Sur vos cargos, sur vos voiliers, ah matelots si vous vouliez nous faire l'honneur d'une escale, nos visages seraient moins pâles. Nos âmes seraient moins moroses et nous vous offririons des roses. Des roses aux couleurs de sang. Des roses d'Ouessant. Des roses aux couleurs de sang. Des roses d'Ouessant. Mouettes, mes sœurs, soyez heureuses. Car cette nuit sera fameuse si le bateau qui vient au vent s'arrête à Ouessant. J'entends la voix du capitaine et les marins dans la misaine. Ils parlent dans une autre langue et le navire roule et tangue et se jette sur les brisants de l'île d'Ouessant. Ah, matelots sur vos voiliers, voilà le moment de prier, car on entend les mâts qui craquent. Sur les lames qui vous attaquent. Et le vent qui sait toute chose, sait à quoi serviront les roses. Des roses aux couleurs de sang. Des roses d'Ouessant. Des roses aux couleurs de sang. Des roses d'Ouessant.

Le soir est arrivé bien vite. Nous étions encore attablés. Benoît Notre-Dame a proposé de nous héberger chez sa sœur si nous ne voulions pas reprendre la route. J'ai refusé car je voulais voir mon frère que la petite Adèle avait fait père. Benoît Notre-Dame a dit qu'il espérait que l'on se reverrait. J'ai promis que oui. On lui a demandé de nous appeler quand il passerait voir Julie à Paris.

« Je ne voudrais pas vous déranger…

— Mais arrête d'avoir tout le temps peur de déranger, papa ! »

J'ai installé Louise dans le siège auto. Marcel a fait un check à Geoffrey. J'ai démarré la voiture. Au moment de sortir de la cour, Benoît Notre-Dame m'a fait signe d'attendre. Il est parti du plus vite qu'il a pu, en boitant, vers sa maison. Il est revenu à la même allure. Sa jambe claquait fort contre le sol. Il m'a tendu quelque chose. Dans l'obscurité j'ai eu du mal à le reconnaître. Et puis j'ai vu : *Gridi. Lapin des bois*. J'ai souri et j'ai demandé :

« Tu l'as relu celui-là ?

— Non pas encore. Je lirai deux fois un autre pour compenser. Ou bien j'ai perdu un mois, tant pis. Je te le rends, c'est de la petite monnaie comparée à toute cette histoire. Je dois bien ça. »

L'arrivée des étoiles

« Alors, tu vas nous les montrer ton ciel et tes étoiles ? » a demandé Julien, les yeux pleins de malice, à Khalid. Il a répondu que oui, enfin. Ce serait un vrai bonheur. Il nous a prévenus que la beauté d'un ciel tel que celui-là ne donnait pas envie de dormir. Il s'est approché de notre mère. Il l'a embrassée et il lui a dit : « Bienvenue au Sénégal, Marie-Lou. » Elle a répondu : « Merci Khalid. Merci. »

Comme Julien et moi, notre mère n'avait pas revu Khalid depuis que nous étions allés déposer la couronne de fleurs et avions immergé la petite boîte sur le lieu du naufrage, quatorze mois auparavant. Clément l'avait croisé quelques fois. Khalid avait davantage de cheveux blancs et la peau de son visage toujours aussi marquée par le travail. J'ai pensé qu'il avait vieilli. Sans doute que nous aussi.

Khalid nous a conduits dans son village. Avec l'argent gagné à pêcher en France il avait fait construire une maison pour sa famille. Sa fille avait suivi ses traces. Elle avait étudié les sciences politiques à l'université de Dakar. Elle travaillait maintenant pour le gouvernement.

Je savais tout ça, mais j'avais toujours imaginé Alima enfant. Ça m'a fait drôle de dire bonjour à une adulte quand Khalid nous l'a présentée.

Après les funérailles de notre père et une fois l'enquête classée, Khalid est parti passer la fin de l'été avec sa femme, comme il le faisait toujours depuis qu'il avait obtenu son permis de séjour. Ainsi qu'on l'imagine, c'étaient les deux plus beaux mois de l'année pour eux.

À son retour en Bretagne, le patron du port lui a annoncé qu'il lui avait trouvé un bon boulot à la criée. Plus rien ne l'obligeait à embarquer. Mais Khalid ne voulait pas renoncer à la mer, même si elle lui avait fait du mal et appris la peur.

Le matin suivant, il a embauché à trois heures sur le *Grejenal II*, un autre coquillier, plus grand, plus large, plus robuste qu'*Ar c'hwil*, et qui nécessitait la présence permanente d'au moins quatre hommes pour faire la pêche. « Mais *Ar c'hwil* restera toujours mon bateau de cœur », il nous a dit, presque en s'excusant. Nous le savions.

La veille du vol pour Dakar, notre mère, Julien et Clément ont dormi à l'appartement. Pendant le dîner, notre mère nous a confié que depuis quelque temps elle voyait quelqu'un, « un monsieur », elle avait précisé, intimidée pour la première fois de sa vie par ses trois fils.

« On le connaît ? a interrogé Clément.

— Oui, vous le connaissez. Enfin, un petit peu.

— Bah dis-nous qui c'est le veinard !

— C'est Benoît Notre-Dame… »

Il y a eu un long silence.

« Au moins, tu vas manger du poulet-frites de compétition ! » a cru bon de dire Mathilde pour chasser le malaise. Je lui ai mis un petit coup de pied sous la table. Fallait pas abuser quand même.

« C'est une blague ?! » j'ai demandé.

Je ne pouvais pas y croire.

« Eh non, c'est comme ça. Depuis qu'il est venu à Kersaint on a beaucoup correspondu. Il est très intéressant. Une chose entraînant l'autre, voilà quoi. Le petit oiseau a fait son nid.

— Le petit oiseau a fait son nid ?! a répété Julien, abasourdi, le petit oiseau a fait son nid. Benoît Notre-Dame. C'est un truc de fou. Jamais je n'aurais pu penser que… »

Et notre mère a explosé de rire, en disant qu'on aurait dû voir nos têtes ! *Vraiment, quelle folle… Entre elle et notre père on n'est pas aidés*, j'ai pensé avec bienveillance.

« Du coup, ce n'est pas vrai que tu vois quelqu'un ?

— Si, ça c'est vrai. Mais ce n'est pas Benoît Notre-Dame, bien que je le trouve plutôt bel homme. »

Le « monsieur » en question, c'était François, le premier adjoint au maire. On le connaissait de vue. Je ne peux pas dire qu'il m'avait ébloui par son charisme, mais bon.

« Et il est gentil ?

— Oui, très gentil.

— Alors, c'est bien. »

Ma mère a tenu ma main et celle de Julien pendant tout le vol. Elle nous les serrait plus fort à chaque turbulence, le corps raide comme tout et le crâne collé à l'appui-tête. Elle faisait moins la maligne que lorsqu'elle nous avait fait croire qu'elle voyait Benoît Notre-Dame. *Ça te fait les pieds, ma vieille*, j'ai pensé.

Nous avons donc prêté nos yeux à notre père. Nous avons vu, pour lui, ce qu'il aurait dû voir. Nous avons tenté de nous émerveiller à sa façon. Je ne crois pas que nous y soyons parvenus. Essayer de vivre la vie d'un autre n'a aucun sens.

On se l'est avoué le troisième matin, avec les frères. On a dit qu'on allait arrêter de penser à papa. On tombait dans ses travers. On lui avait reproché de s'être baladé pendant trente-cinq ans avec son mort et nous, malgré nos promesses d'être plus forts, on se trimballait avec lui. Alors qu'il y avait une vivante, tout près de nous, et qui était notre mère avant d'être sa veuve. C'est à elle que nous devions penser, elle dont nous devions prendre soin. Et si nous avions des yeux, c'était pour accompagner les siens.

Ainsi le Sénégal, nous en avons profité pour maman. Nous avons traversé les petits ponts de bois pour elle. Nous avons visité l'île aux coquillages pour elle. Nous avons pris en photo les baobabs, les cochons, les tortues et les lutteurs sur la plage pour elle. Nous avons roulé sur les pistes en terre pour elle. Nous avons écouté Khalid nous expliquer comment la surpêche était en train de détruire la pêche traditionnelle pour elle. Nous avons admiré le ciel étoilé pour elle. C'est vrai qu'un ciel tel que celui-là ne donnait pas envie de dormir. Khalid avait raison.

Le dernier soir, nous sommes restés parler avec Khalid sur le toit de sa maison. Clément lui a demandé de raconter encore une fois la vague. Le naufrage. J'ai dit, agacé, que ça allait bien, on en savait assez. Ce serait encore la même histoire.

Ça m'est venu comme une envie de pisser. J'ai demandé tout d'un coup, sans réfléchir :

« En revanche j'aimerais bien que tu nous parles du flic à qui notre père a arraché une jambe. Il t'en a déjà parlé ?

— Le policier de Rennes, c'est ça ? Celui de la grande manifestation ? »

Il savait.

Un long frisson a parcouru mon dos. Je n'ai pas interrogé mes frères mais je sais qu'ils ont eu le même. Notre père en avait parlé à quelqu'un. Il n'était pas resté seul toute sa vie avec son chagrin et sa culpabilité. J'ai été déçu que nous n'ayons pas été ses confidents mais je me suis senti un peu soulagé.

Comme si, d'un seul coup, tout était devenu moins grave.

Comme si la joie allait gagner pour de bon.

« Oui, il m'en avait parlé. Mais je ne connais pas les détails et je n'ai pas voulu demander. C'est une chose qui a rongé l'âme de Jean très longtemps vous savez. Ce que je peux dire c'est qu'il a essayé de vivre avec, mais que ça n'a pas été facile. Je n'en sais pas beaucoup plus malheureusement. Le mieux serait que vous alliez voir Yvik quand vous rentrerez en France. On peut y aller ensemble à mon retour, à la fin du mois, si vous voulez. Ça me ferait plaisir de le revoir, l'ancien. Yvik sait tout. Car il était là-bas, à Rennes. Avec eux. »

Les roses d'Ouessant

Nous avons embarqué pour Ouessant le jeudi 22 octobre.

J'ai écrit mes sketches à Kersaint, très tôt le matin. J'avais mis quelques bonnes vannes de côté les jours d'avant pour être certain que ce soit validé par la production et qu'on me laisse tranquille. Julien a dû poser des congés. Sans ça, il aurait encore fallu attendre plusieurs semaines. On n'en pouvait plus de rester dans l'ignorance. Le 4 février 1994 nous hantait.

Khalid est arrivé à la maison en milieu de matinée. Nous lui avons offert un café et nous sommes partis pour le port où nous avons rejoint Clément sur son bateau, *Le Quatre Épines*. Il venait de finir sa journée qu'il avait raccourcie pour l'occasion. Notre mère n'a pas voulu nous accompagner. Elle a prétexté la raison habituelle : elle ne monterait jamais sur aucun autre bateau qu'*Ar c'hwil* comme elle se l'était promis. Je crois que c'était une fausse excuse. Elle nous a dit que ce n'était pas grave et qu'on lui raconterait tout à notre retour. C'est ce que nous avons fait.

Je n'étais jamais allé à Ouessant dont je devine la côte depuis Kersaint, les jours de beau temps. Pourtant, c'est une île dont j'aime bien le nom et qui m'a toujours attiré. Il y a des endroits comme ça qui vous marquent et vous aguichent sans que vous y ayez jamais mis les pieds. Ça résonne en soi. Par exemple, dans une chanson de la comédie musicale *Starmania*, le Businessman chante : « Je passe la moitié de ma vie en l'air, entre New York et Singapour. » Dans mon souvenir il disait « entre New York et Tombouctou », c'est Mathilde qui m'a détrompé. Eh bien Tombouctou m'a toujours attiré. J'espère y aller un jour. L'endroit qui fait rêver Mathilde, c'est Huahine, une petite île en Polynésie. Ça résonne en elle. Un jour, je l'emmènerai voir. Je lui ai fait la promesse.

La traversée avec le bateau de Clément a été rapide, à peine le temps de manger nos casse-croûte. Comme nous étions en avance, Clément en a profité pour montrer à Khalid quelques-uns de ses coins de pêche. Il fallait qu'il ait une parfaite confiance en lui pour le faire. Ce ne sont pas des choses que l'on révèle à n'importe qui.

« Ici, au-dessus de 80-90 de coeff', ça bouge de ouf, sans compter la zone de rencontre Manche-Atlantique. On se fait souvent peur. Mais c'est une base exceptionnelle pour le bar, surtout sur les épaves. Molène aussi ça peut être chaud. Du côté de Sein c'est plus facile mais moins poissonneux.

— C'est une côte vraiment déchirée, a noté Khalid. Il faut connaître, ça ne doit pas être évident de travailler là…

— Parfois ça passe à cinquante centimètres près.

— C'est tranquille aujourd'hui, il y a combien de coefficient ? j'ai demandé.

— Y a que dalle, c'est mortes eaux. La semaine prochaine ce sont les grandes marées en revanche. Y a 111 lundi. On va rien foutre. Y aura trop de bouillon.

— Et puis toi, quand tu es de repos, tu vas pas aller à la pêche quoi… Ce serait bête, l'a taquiné Julien.

— Tchiiiiip », a répondu Clément.

Le tchip nous a fait sourire avec Khalid.

« Ça chasse, là-bas ! Regarde les fous de Bassan, a dit Khalid à l'adresse de Clément, il doit y avoir du bar en dessous. Ils font remonter les bancs de petits poissons aspirés par les courants et les oiseaux s'en donnent à cœur joie, c'est le festin. Je connais peu de choses aussi belles que ce ballet.

— T'es bien comme papa avec tes fous de Bassan ! Je lui disais, à papa, qu'il fallait qu'il arrête avec ça, surtout qu'il avait tout ce qu'il lui fallait en timonerie pour repérer le poisson. C'était un vaisseau spatial son cockpit, il était encore mieux équipé que moi. Et malgré ça il continuait de pêcher comme il y a cent ans. S'il avait fait un peu plus confiance à la technologie il serait peut-être toujours là pour nous raconter son histoire. On n'aurait pas eu besoin de venir déranger le vieux pendant sa sieste.

— N'empêche que c'est joli », a conclu Khalid.

Yvik nous attendait à la cale avec le bout de l'annexe entre les doigts. On lui a fait signe et il a dit : « Salut la compagnie. Ça a dû être vite fait de venir avec ce dragster ! »

Khalid a mis en place les pare-battage. Yvik a attrapé le bateau et l'a amarré à la va-vite, le temps pour nous de lui dire bonjour. Nous lui avons tous serré la main, hormis Clément qui lui a fait la bise. Yvik lui a demandé si ça avait marché le matin et Clément a répondu que ça paierait l'essence et peut être un peu plus si les restaurateurs voulaient bien lui donner du prix.

Clément est remonté à bord du *Quatre Épines*, il y a attaché la plate. Il a dit : « J'en ai pour cinq minutes. » Il est parti se mettre au mouillage un peu plus loin et est revenu à la godille. Pendant ce temps nous avons échangé des banalités. Khalid regardait les bateaux. Il ne disait rien.

Nous sommes montés dans la vieille bagnole d'Yvik. Khalid à l'avant et nous trois, serrés comme des sardines, à l'arrière. Yvik conduisait le nez collé au volant, au milieu de la route, en silence et à fond de seconde. J'ai eu beaucoup de peine pour le malheureux embrayage et j'ai pensé qu'on avait toutes les chances d'avoir un accident mais qu'on ne se ferait pas bien mal.

Un peu avant le musée des Phares et Balises Yvik a tourné à gauche jusqu'à un hameau, il s'est arrêté devant la dernière petite maison entourée par un mur de pierres sèches et par des hortensias. C'est vraiment une plante pour les vieux, les hortensias.

« Tu vois Clément, t'aurais aussi bien pu arriver par le port de Bougezen qui est juste là. Mais l'escalier est raide. Je ne suis pas à l'aise dans ces marches à cause de ma hanche. Lampaul c'est plus loin mais quand même plus simple d'accès. Voilà, c'est ici : la maison de mes parents.

— C'est beau… a dit Julien.

— Peut-être bien, je ne me rends plus compte. Dire que quand j'étais jeune je n'avais qu'une envie, c'était de quitter ce caillou. Et regardez-moi, j'ai une chance sur deux de mourir dans la pièce où je suis né. Ça valait bien le coup de bourlinguer de la sorte.

— Pourquoi tu dis que tu as une chance sur deux ? a demandé Clément.

— Parce que si tu veux, je suis comme les bateaux des plaisanciers : j'hiverne. Je pars sur le continent de la Toussaint à Pâques. C'est mortel ici l'hiver avec les tempêtes et le mauvais temps. Sans compter que la maison n'est pas isolée du tout. Les radiateurs de ma baraque, le seul truc qu'ils chauffent, c'est le cul des goélands. Ah, eux ils ont chaud, mais moi j'ai eu assez froid dans ma vie. J'aime bien mon confort maintenant, quoi. Allez, je vous paie un jus ? »

Yvik avait parlé pendant quarante secondes d'affilée. Sans doute son record.

Nous avons bu le café au rythme de la pendule qui était la seule chose qui produisait du son. J'ai pensé qu'entre Khalid et Yvik, les deux hommes les moins bavards d'Europe, l'après-midi allait être long. Je me trompais.

Je regardais les mains d'Yvik en essayant de retrouver celles de notre père. Mais elles étaient différentes. Yvik avait les mains d'un très vieux monsieur, la peau était fine sur les tendons épais et les doigts tout tordus. Mais c'était de belles mains tout de même. De celles qui racontent une vie.

« Et tu as quoi comme bateau maintenant, Yvik ? a demandé Julien en parlant fort.

— J'en n'ai plus d'autre. Le dernier que j'ai eu c'est mon petit cotre, celui que j'ai acheté à la retraite : *La Belle Popotte*, que je l'avais appelé. Je l'ai revendu y a de ça au moins dix ans. Je l'aimais bien. Avec *La Belle Popotte*, les croisières à la journée c'était excellent. Mais j'ai fait le tour de la navigation. Je laisse ça aux autres.

— L'annexe que tu m'as prêtée, elle appartient à qui alors ?

— C'est celle d'un copain. Il est au courant, te tracasse pas.

— Tu es un peu dégoûté de la mer maintenant, Yvik, je me trompe ? a demandé Julien.

— Non, je ne suis pas dégoûté. La vérité, c'est que j'ai jamais vraiment aimé ça. Quand je le dis, les gens ont du mal à comprendre. Ils pensent tous que la vérité est au large. Mais qu'ils y aillent donc, au large, voir un peu ! Et ensuite on en rediscute. On me dit : "La liberté, la liberté." Tu parles d'une liberté ! La mer est grande, certes, mais un bateau c'est une prison qui flotte, rien d'autre. Tu n'es jamais moins libre de tes mouvements que dans un canot. Tu es contraint par la mer, le vent, les embruns, la machine, la ressource et les sous. Tu parles d'une liberté ! Seulement à Ouessant, tu penses bien qu'on n'avait pas le choix dans le temps. C'était la pêche ici ou l'usine sur le continent, hein. Et moi j'avais pas envie de travailler toute ma vie avec un toit au-dessus de la tête. À tort ou à raison d'ailleurs, je me serais moins pelé à l'usine, c'est sûr.

— Tu as commencé jeune ?

— J'ai démarré le métier de la pêche en 43, deux mois avant mes quatorze ans, chose permise en principe uniquement aux fils dont les pères avaient disparu en mer. Pour qu'ils aident à la subsistance des familles, mais on ne m'a pas embêté. J'ai embarqué sur un bateau de Douarnenez : *Le Mutin*. Un voilier. Le patron n'était pas commode. Ah dame non ! Je lui ai dit merde une fois. Il s'est approché, il m'a croché par le colback et il m'a jeté par-dessus bord aussi sec ! Dans le port, mais quand même. Ah j'avais bonne mine, une chance que je savais nager. Je ne lui ai plus jamais dit merde, vous pouvez me croire.

— Le dingue…

— Comme tu dis, oui. C'était autre chose que maintenant. Même si je ne suis pas de ceux qui disent que c'est plus facile aujourd'hui. La pêche c'est dur, quoi. Et elle le sera toujours. Y a pas de faignant qui fait carrière. Ça n'existe pas.

— Comment tu t'es retrouvé à travailler avec un homme comme ça ?

— C'est mon père qui m'a envoyé lutter chez lui. Mon père faisait la pêche aussi. Mais son bateau était trop petit pour deux paies. Vu que je travaillais bien à l'école et sur les conseils de mon instituteur qui était mauvais comme une teigne, on m'a envoyé en pension sur le continent. Allez hop, chez les curés. J'avais huit ans. C'est bien trop tôt, huit ans, pour être séparé de ses parents. J'en ai pleuré des nuits entières. Mes parents pensaient qu'un fils aussi futé que moi ferait un bon capitaine au long cours, ou un officier de marine. Ils se sont saignés pour moi. On ne pourra pas leur reprocher le contraire. J'ai fait ce qu'on m'a dit malgré mes pleurs. Seulement il y a eu la guerre. Elle a tout remis en cause. Je suis resté en pension jusqu'en 42. Cette année-là, mes parents m'ont dit qu'ils ne pouvaient plus payer. J'étais ravi. Je pensais que j'allais rentrer et rester avec eux. J'aimais pas bien le caillou mais j'aimais mes parents. Au lieu de ça, on m'a annoncé qu'il fallait que je gagne ma croûte. Je n'étais pas obligé de ramener des sous à la maison, mais je ne devais plus rien coûter. C'est là que mon père m'a trouvé la place sur *Le Mutin*. Je suis resté trois ans à son bord. J'ai été malade à crever les premiers temps. Pourtant j'étais de la mer, pendant les vacances et les jours libres, je passais mon temps sur les canots. Il n'y avait que ça à faire par chez nous. Avec les copains on piquait les bateaux et on naviguait tout le long des grèves. On était terribles. Mais la pêche, c'est autre chose. Tu sais bien ça toi, Clément, et toi tout autant, Khalid. Sur *Le Mutin* les conditions étaient rudes. On dormait sur une paillasse. Trempés du matin au soir qu'on était. Ce que je dois confesser aussi, c'est que, dans les débuts, ce qui me rendait surtout malade, c'était la peur. Je vomissais de peur. Car je n'avais qu'une crainte, c'est qu'on se fasse torpiller par un *U-Boot*. Ils en ont coulé des tonnes et des tonnes, les Allemands. On ne récupérait pas le sang des marins sur nos côtes, mais le mazout des navires. C'était signe de mort. L'Ankou était passé par là. Il se disait que la *Kriegsmarine* tapait les bateaux de pêche pour garder la main. J'étais terrorisé. Depuis, j'ai toujours eu une frousse bleue des sous-marins.

— Papa adorait les sous-marins…

— Oh, je le sais bien ! *Ma Doue*, il me tourmentait avec ça dès qu'il pouvait, cet innocent. “Tiens, Yvik, regarde un peu là-bas, je crois bien que c'est un périscope, qu'il me disait, les Allemands sont de retour, ils viennent te chercher !" Et il rigolait. J'aurais dû le foutre à la baille lui aussi, comme le patron du *Mutin* l'a fait avec moi. Sûr, qu'il l'aurait mérité plus d'une fois. N'empêche que les pauvres gars du *Bugaled Breizh*, c'est bien un sous-marin qui les a emmenés dans le fond ! Comme quoi j'étais pas si fou que ça. C'était quelqu'un votre père. Un drôle de zig mais un chic bonhomme. Je n'ai jamais pu avoir d'enfant mais je jure que je l'ai pleuré comme on pleure un fils. »

Nous n'avons plus rien dit. Yvik nous a tendu une boîte en fer avec des petits gâteaux à l'intérieur. Nous en avons tous pris un. Je sais ce que notre père aurait dit illico en les mangeant : « C'est sec comme les couilles à Taupin ! » Ça m'a fait sourire, je l'ai chuchoté à Clément, il a répondu : « Grave ! » Yvik a balayé de la main les miettes sur la nappe. Khalid a demandé :

« Tu as fait la grande pêche aussi ?

— Tu parles si je l'ai faite ! Plus de dix ans. Je suis allé jusqu'au Cap. J'ai passé l'Équateur la première fois en 1950, à mon retour de l'armée que je ne voulais surtout pas faire dans la marine par crainte d'être envoyé en Indochine. Tuer quelqu'un d'autre, je ne vois pas bien l'intérêt. J'ai fait la pêche en Islande aussi. L'Islande, c'était excellent. Et les Islandais sont des gens comme ça ! Des gens du tonnerre, super sympas. Le pire que j'ai fait, c'est la Mauritanie. C'était de l'abattage. On avait l'impression de vider l'Atlantique et aucun respect pour les équipages. Rien à carrer de la ressource. On faisait du mal aux poissons. Et encore c'étaient pas les navires-usines. Ça, j'aurais pas pu, autant rester à terre à mettre les *pesket* en conserve. Ce que j'aimais dans la grande pêche, c'était l'ambiance des escales.

Parce que je vous l'ai dit, je n'aimais pas la mer, mais, en revanche, j'aimais les gens qui naviguent dessus. J'ai toujours eu la passion des gens. C'est aussi pour ça que j'ai adoré votre père. Mon plaisir c'était transmettre par le geste. Écouter des histoires. Apprendre de la vie des autres.

— Tu habitais encore sur Ouessant à cette époque ?

— Au début oui, mais dès que j'ai eu l'occasion de partir du caillou je me suis tiré. Ça s'est fait à la mort de mes parents qui sont décédés du même mal de poitrine à deux mois d'intervalle, en 1952. En ce temps-là, les marins du Conquet, avec qui je m'entendais pas mal, n'avaient qu'un mot à la bouche : Paimpol. C'était Paimpol par-ci, Paimpol par-là. Ils ont fini par me donner envie avec leur Paimpol. Je me suis installé à côté. À Plouha, pas loin de la plage Bonaparte. Je ne sais pas si vous connaissez ?

— Tu as habité à Plouha ?

— Dame oui, pendant près de quinze ans. J'ai arrêté la grande pêche en 1957. J'ai repris la côtière à la demande de ma femme et j'ai commencé à patronner mon premier bateau, on faisait surtout la sardine. J'aimais bien la sardine et on avait du prix. Plus tard, on a fait construire la maison que j'ai toujours à Saint-Quay. Vous êtes déjà venus, non ?

— Je suis venu je crois, mais j'étais tout petit. Tu étais déjà à la retraite, je pense, j'ai répondu.

— Mais tu ne m'as connu qu'à la retraite de toute façon, t'es de quelle année toi déjà ?

— Je suis de 1984…

— Oui, donc tu ne m'as connu qu'à la retraite ou quasiment, c'est ce que je dis. Même si je continuais à faire un peu la pêche pour arrondir mes fins de mois. J'aurais pu partir à cinquante ans. J'ai prolongé jusqu'à cinquante-six parce que sinon j'y aurais perdu de trop, et j'ai envoyé mon bateau à la destruction j'avais cinquante-huit ans, fin 1987.

— *La Belle Envolée*, c'est comme ça qu'il s'appelait ?

— Oui, c'est ça. C'est sur *La Belle Envolée* que votre père a appris à naviguer. Tiens, regarde le tableau là-bas : C'est *La Belle Envolée*. C'est un copain qui l'a peinte en 1978. En tant que patron j'ai eu quatre "Belle". Je ne compte pas *La Belle Popotte* dedans. Ma première, c'était *La Belle Béatrice*. Souvent, on donnait le nom de sa filleule à son premier bateau, c'était plus ou moins une coutume quoi. Je n'avais pas de filleule alors je lui ai donné le nom de ma marraine. Après, j'ai eu *La Belle Angèle*, souvenir d'une amourette que j'avais eue plus jeune avec une crêpière du côté de Plaintel. Je ne l'ai jamais dit à ma femme, vous pensez bien. Ensuite j'ai eu *La Belle de jour* que j'ai appelée comme ça car j'adorais Catherine Deneuve. Je ne l'ai pas gardée longtemps, elle a sombré après que j'ai talonné en baie de Saint-Brieuc pendant l'hiver 71. J'étais avec deux matelots. On s'en est sortis tous les trois, ramassés par les gars du *Chandemerle* avec qui on s'était chamaillés quelques fois pour des coins de pêche mais qui n'ont pas hésité une seconde à nous venir en aide. Perdre un bateau m'a mis un sacré coup au moral. Et j'ai été vexé que les deux matelots refusent de rembarquer avec moi par la suite. J'ai acheté mon dernier bateau juste après, à un collègue de l'île Tudy qui arrêtait, j'ai tué le macoui, c'est ma seule superstition, et je l'ai donc rebaptisé *La Belle Envolée,* mais pas moyen de me souvenir pourquoi. Votre père a voulu me la racheter, j'ai dit non. C'était un bon bateau, le meilleur que j'ai eu, mais déjà dépassé pour quelqu'un qui se lançait. Il a eu raison de faire construire le sien. *Ar c'hwil* c'était un chouette bateau aussi. L'étrave manquait peut-être un peu de largeur et d'angle, c'est la seule critique que j'aurais pu faire.

« Je me rappelle bien de la mise à l'eau avec votre père. Vous l'auriez vu, la fierté qu'il avait avec les clés du bateau dans la main et quand il a mis en route le moteur pour la première fois. Un nabab. Ça a quelque chose d'émouvant de sentir le bois vibrer, on ne peut pas le nier. C'est comme un cœur qui bat. Après on s'attache à son canot, c'est fatal. Votre père ne savait pas trop quoi faire pour une première. Je lui ai dit : “On va simplement vérifier qu'il n'y a pas de voie d'eau, ce sera déjà pas mal.” On a navigué une heure ou deux, histoire qu'il le prenne en main avant d'aller lutter le lendemain avec son gars.

— C'était déjà Tristan à l'époque ? a demandé Clément.

— Impeccable ? Non, il finissait son apprentissage chez moi, c'est le dernier mousse que j'ai eu. C'est moi qui l'ai formé aussi, le pauvre Impeccable. Il est parti chez votre père après, mais entretemps il est allé faire le thon aux Seychelles si je ne me trompe pas. Le premier matelot de votre père, je ne vois plus qui c'était… Ah, j'ai la mémoire qui me joue des tours. Il y a beaucoup de choses que j'oublie, ou qui s'emmêlent, ou que je ne sais plus trop si elles sont vraies ou bien si je les invente.

— C'est pas grave, on demandera à maman, elle doit se souvenir…

— Il était comment papa, quand tu l'as connu ? j'ai demandé.

— Comment ça ?

— Disons, son caractère ? Je ne sais pas moi… Il était sympa ?

— Ah oui, il était super sympa ! Un jeune comme ça, du tonnerre ! Je dirais qu'il était un peu chien fou, ça c'est sûr, il n'en faisait qu'à sa tête. Ce qui me marque quand j'y repense, c'est qu'il n'y connaissait vraiment rien. Je pense que de tous les mousses que j'ai eus, c'était celui qui avait le moins de qualités au début. Je ne lui fais pas injure, de toute façon il le savait, je lui ai dit cent fois. Je ne veux pas me vanter mais j'ai toujours eu le sens de la mer, vous voyez. Comme il y en a qui ont le sens du végétal. Ils plantent n'importe quoi dans trois centimètres de mauvaise terre et ça pousse. Si tu veux, moi c'était la même chose mais pour la mer. Votre père, je ne sais pas s'il avait le sens du végétal, mais c'est sûr qu'il n'avait pas le sens de la mer. Les premières fois, je me suis demandé ce que j'allais pouvoir faire de ces mains pas bonnes à grand-chose dès qu'elles s'approchaient de l'eau. Mais je l'ai repris parce qu'il était passionné, qu'il touchait sa bille en mécanique et qu'il mettait une bonne ambiance. Et puis il a fini par avoir le déclic. Et c'est devenu un marin hors pair. Meilleur que moi à la fin.

— Ça a été quoi, le déclic ?

— La noyade qu'il a évitée de peu…

— Quand il est parti dans le fond ? a demandé Clément.

— Oui. Je le vois encore valdinguer par-dessus le pont. Il était à califourchon sur la muraille en train de dénouer je ne sais quoi quand son vêtement s'est accroché à la ligne de casiers. Ça n'a pas fait un pli, il est parti à la baille. Tout droit dans le fond. J'ai juste eu le temps de bondir, de stopper le treuil et de le remonter. Il est bien resté trente ou quarante secondes sous l'eau. Compte donc jusqu'à quarante dans ta tête, tu vas voir comme c'est long. Tu as le temps de te dire que tu vas y rester. Mais je ne veux pas savoir à quoi on pense lorsque l'on se noie. Si par malheur j'avais eu la tête tournée à ce moment-là, il était cuit, sûr. Ça va vite. Après ce jour, ce n'était plus le même, ça lui a mis du plomb dans la cervelle. Je lui ai dit : "Te v'là baptisé mon pote. Ça te fait un sacrement, essaie d'éviter que le prochain ce soit l'extrême-onction."

— Il m'en a parlé plusieurs fois, est intervenu Khalid, et c'est vrai qu'il faisait attention à chaque manœuvre, surtout quand on mouillait.

— Tu dirais que c'était un homme heureux, papa ? j'ai osé.

— Alors ça, je ne me permettrais pas de répondre à une telle question. Ce que je peux dire, c'est qu'il était passionné par vous, et par sa femme, et par son bateau. Il ne parlait que de ça. Après, il avait aussi eu des misères comme chacun peut en connaître dans une vie. La mort de son père lui a mis un sacré coup. C'est une évidence. Votre père c'était un gars sensible, qui s'inquiétait pour les autres avant de s'inquiéter pour lui… »

Yvik s'est tu. Il a bu le fond de café qu'il lui restait. Nous avons vu qu'il hésitait. Il a dû penser que c'était le moment. Il a continué :

« Bon, puisqu'on se dit tout. Par exemple, Julien, quand tu lui as appris que tu étais un homosexuel, moi ça me concerne pas et chacun fait comme il veut, note que je ne t'ai jamais posé de questions là-dessus, eh bien ça lui a donné beaucoup d'inquiétudes à ton père. Il se demandait si toi tu serais heureux. Si la vie et les autres ne seraient pas trop durs avec toi. Et quand Clément s'est mis en tête de devenir pêcheur, il a eu du souci aussi, même si au fond de lui ça le rendait fier. Si tu veux, il aurait bien voulu que tu fasses le métier avec lui. Pour te protéger davantage que pour t'apprendre. »

Julien est intervenu et il a dit très délicatement :

« Yvik, comme tu l'as dit, on est tous là près de toi et on pense que c'est effectivement le moment de tout se dire. Il y a quelque chose de très grave qui s'est passé il y a un peu plus de vingt-cinq ans. À Rennes, pendant la grande manifestation des pêcheurs. Khalid nous a dit que tu y étais avec papa. Tu accepterais de nous en parler, Yvik ? On n'est pas là pour juger ce qu'a fait notre père, surtout qu'il n'est plus là pour se défendre. Mais ça nous ferait du bien de savoir certaines choses, tu comprends ? »

Il y a encore eu un long moment de silence. Yvik s'est levé et il est allé préparer un autre café. En attendant que le jus passe, il a demandé à Khalid de le rejoindre et ils sont allés parler tous les deux dehors, devant un rosier sans fleurs.

« Il a encore toute sa tête, j'ai dit à mes frères, c'est incroyable comme il est vif. J'adore ça, moi, écouter les petits vieux causer. Je resterais là des jours.

— Je crois qu'il va tout nous raconter, a dit Clément.

— Je crois aussi… »

Yvik et Khalid sont rentrés. Nous avons tous accepté le café. Yvik a vu les points tatoués sur la main de Clément et lui a fait remarquer. Clément a répondu dans un sourire :

« C'est une longue histoire…

— Ça m'étonnerait que ce soit une histoire d'eau en tout cas, il a rétorqué sur le ton de la connivence.

— Alors Yvik, tu es d'accord pour nous raconter ?

— Je veux bien, oui. Parce que vous êtes les fils de Jean et que les non-dits ça finit par faire plus de mal que de bien dans les familles. Je ne crois pas que votre père m'en voudrait, ou bien sans ça je ne dirais rien. Ce que je veux que vous sachiez, c'est que je pense que s'il ne vous a pas raconté la manifestation, c'était pour vous protéger à sa manière, quoi. Et ne comptez pas sur moi pour dire s'il a eu tort ou raison…

« Au début des années 1990 ça a été très dur pour le monde de la pêche. Plus personne ne s'en sortait, surtout les côtiers, c'est eux qui morflaient le plus. Ils prenaient la concurrence des Espagnols, des Anglais, des navires-usines. Il n'y avait plus de prix et le carburant était monté en flèche à cause de la guerre du Golfe. C'était la grosse galère pour tout le monde. Les ports se vidaient. Les bateaux partaient à la démolition par dizaines soi-disant pour réguler, mais les gars continuaient de crever la dalle. Ça a fini par péter début 94.

J'étais à Saint-Quay les jours qui ont précédé Rennes et la situation ne faisait que s'envenimer. Votre père est passé me voir à la maison comme il le faisait souvent. Il était comme les autres, il galérait terrible. Il avait participé à des opérations de blocage et à des petites manifestations en janvier. Votre père, mais vous le savez bien, ce n'était pas un violent. Seulement il avait quatre bouches à nourrir en plus de la sienne et un toit à rembourser, ça fait faire des choses qu'on ne voulait pas.

« Je me souviens qu'on est allés à Lorient pour manifester ensemble parce que, même si j'étais à la retraite, je me sentais solidaires des autres pêcheurs. Ça avait déjà un peu castagné. Après, il y a eu les événements à Rungis avec les flics qui ont tapé comme des sourds, mais nous n'y étions pas. Je ne sais pas si vous avez déjà vu l'image du CRS qui cogne sur la tête d'un pêcheur avec son fusil, et dans le dos par-dessus le marché ? C'est un assassinat un geste comme celui-là ! Les comités ont décidé d'une grande manifestation à Rennes pour montrer notre force. Le 4 février. Votre père était embêté car c'était l'anniversaire de l'un de vous trois. Je ne sais plus lequel.

— C'était le mien, j'ai dit.

— Ah oui, c'est ça. Il ne voulait pas louper ton anniversaire, normal quoi. Moi j'étais motivé car je savais qu'il faut mettre la pression aux politiques. Sinon on se fait bouffer. Je lui ai dit qu'on s'arrangerait pour ne pas rentrer trop tard le soir et qu'il soit là au moment des bougies. Il m'a répondu : “Alors, on fait comme ça.” J'ai proposé qu'on y aille avec ma voiture pour lui éviter des frais, moi j'étais plus à l'aise. Il est arrivé à la fin de la nuit. On a bu un jus, je pense, et on est allés chercher Impeccable dans sa paillote, tout près du port. Il ronflait comme un sonneur. Encore cuit de la veille. Il nous a dit qu'il ne voulait pas venir, qu'il fallait le laisser dormir. Je l'ai commandé : "Lève-toi donc, bon Dieu de faignant ! Quand t'auras pas le choix de bosser à l'usine, tu seras bien obligé de te réveiller." Il a gueulé mais il a fini par se lever. Il puait l'alcool.

« Avant de partir, il est allé chercher un lance-pierres dans son garage et un sac avec des roulements à billes qu'il a désossés au début de la route. "Je te prie de croire que je vais pas faire le chemin pour rien", il a dit, et il s'est rendormi dans le fond de la voiture. Nous, on avait déjà pris des cornes de brume, des fumigènes et des fusées de détresse. On a retrouvé les collègues à Rennes, dans le centre-ville. Je ne vais pas mentir, on savait que ça allait faire mal. Ça n'a pas loupé. Pourtant on n'est pas des voyous. On est des pêcheurs, des gens honnêtes. Mais on ne nous a pas laissé d'autre choix que de faire du grabuge pour se faire entendre. On a commencé à défiler tranquillement pendant les premières heures avec des banderoles et de la colère. Après, les gars du Comité de survie ont été reçus par le ministre qui s'est foutu de nous. Les jeunes ont commencé à monter des barricades, à dépaver la chaussée et à tout balancer sur les flics. Et ça a été l'émeute. Pas croyable.

— Et toi et papa, vous faisiez quoi ?

— Dame, bon Dieu, on faisait comme les autres ! On tirait des fusées et on balançait des pavés.

— Vous aviez conscience que c'était dangereux, les fusées ?

— Bien sûr que oui ! Surtout que c'étaient des vieilles fusées à moi, qui me restaient de dans le temps, avec de lourdes charges, bien plus puissantes que ce qu'on fait maintenant. Mais on n'était pas fous non plus ! On tirait au-dessus des flics ou bien en cloche. On voulait les effrayer, pas les tuer ! On n'est pas des meurtriers, quoi ! »

Yvik était en train de s'énerver. Il respirait fort et tapait de sa main sur la table. J'ai essayé de dire quelque chose pour le calmer :

« Mais on sait bien, on veut juste comprendre et…

— Ah ne me coupe donc pas ! Ou bien c'est pas la peine que je cause et moi je me tais pour de bon ! »

Je l'ai laissé reprendre le fil de son histoire :

« J'ai reçu un truc sur la tête. Je ne saurais dire quoi, sûrement une grenade lacrymogène, ça m'a esquinté tout le haut du crâne. Regardez, on voit encore un peu la trace, juste là. Le sang a commencé de couler jusque dans mon œil. Votre père l'a vu et ça l'a révolté autant que moi. Ça m'a mis en furie. Impeccable qui était allé boire des coups avec des collègues nous a retrouvés à ce moment-là. Il a sorti son lance-pierres et il a commencé à tirer sur les CRS des grandes volées de billes en acier. Après, il s'est carapaté aussi vite qu'il a pu pour ne pas se faire attraper, le visage caché par son écharpe. J'avais besoin d'être soigné. Votre père a voulu demander de l'aide à la police, mais j'ai refusé, je ne voulais rien avoir à faire avec eux. Rien leur devoir à ces fumiers. Toutes les pharmacies étaient fermées et je saignais beaucoup. Avec votre père, on est entrés dans un immeuble au hasard et on a toqué aux portes. Une vieille dame a ouvert, elle m'a désinfecté et collé un pansement pendant que je reprenais mes esprits. À la sortie, on est tombés nez à nez avec Impeccable.

« Il m'a dit : "File-moi ta musette Yvik !" Je lui ai donnée, il a pris une fusée et il a tiré à hauteur d'homme, sur les CRS. Votre père a crié : "Mais non !" Trop tard. La fusée est partie, elle a ricoché sur le pavé et on a vu un CRS tomber. J'ai hurlé à Impeccable : "Fous le camp d'ici, tu vas finir en prison, bon Dieu d'innocent !" Il est parti du plus vite qu'il a pu. On ne l'a plus revu jusqu'au soir…

— Ce n'est pas papa qui a tiré sur le policier ? » a demandé Clément avec une toute petite voix.

Yvik a répondu, comme une évidence :

« Bien sûr que non… C'est le pauvre Impeccable qui a foutu sa vie en l'air avec cette connerie. Mais pour moi c'était plus un accident qu'une volonté de faire mal. C'est une bêtise dont les conséquences l'ont dépassé. »

Nous nous sommes regardés avec les frères. Nous étions sidérés. Papa n'avait rien fait.

La lourde pendule s'est balancée trois fois. Yvik a repris la parole :

« Avec votre père nous sommes remontés chez la dame par peur de la réaction des flics. On entendait les hurlements du malheureux CRS à travers les carreaux. On a compris que c'était très grave. Votre père s'est penché à une fenêtre et il a dit d'une voix blanche : "Il a le pied arraché, le flic." Les cris se sont arrêtés, les CRS ont bougé. Nous avons encore attendu un peu et nous sommes retournés dans la manifestation. Il y avait de plus en plus de blessés. Nous étions choqués par le pied qui pendait et par les cris du pauvre homme qui avait hurlé de douleur. Des hurlements d'enfant. On a cherché Impeccable longtemps. Quand on l'a retrouvé, on lui a dit qu'il devait nous suivre et partir immédiatement avant que la police ne l'arrête. On a repris la bagnole et on est rentrés.

— Tristan s'est rendu compte de ce qu'il avait fait ?

— Sur le coup, pas vraiment je crois, il était trop excité. Mais quand on lui a expliqué et au fur et à mesure que l'adrénaline le quittait, il a fini par réaliser. Il avait peur d'aller en prison. Il n'a pas voulu dormir chez lui de crainte que la police ne vienne le chercher. Il a demandé à se cacher sur *Ar c'hwil*. Avec votre père, ils sont partis en mer pour essayer de faire croire qu'ils n'étaient pas à la manifestation si on venait les interroger. Mais ça n'a servi à rien. On ne leur a jamais demandé de comptes sur ce qui s'était passé à Rennes. »

Je ne comprenais plus rien et j'ai pensé qu'Yvik pouvait mentir pour protéger le souvenir de notre père, alors j'ai pris la parole :

« Yvik, on doit te dire une chose : il y a un homme qui s'est présenté il y a quelques mois pour nous dire qu'il était le policier en question, celui qui avait été blessé.

— Thomas Notre-Dame, c'est ça ?

— Oui, enfin il s'appelle Benoît… et il affirme que c'est notre père qui a tiré sur lui. Papa lui a envoyé de l'argent pendant des années en secret. Ça, on en est sûr, on a des preuves. Tu es au courant ?

— Qu'il lui a envoyé de l'argent ? Ah non, j'en savais rien, mais ce qui est sûr c'est qu'il se trompe et que votre père ne lui a pas tiré dessus. Je le jure.

— Comment tu connais son nom à Notre-Dame ? a demandé Julien.

— Je le sais parce qu'on me l'a dit, tiens. Ce que vous devez comprendre, c'est que ça a été la descente aux enfers après ça pour Impeccable. Il avait déjà un sérieux problème avec l'alcool, tout le monde le savait très bien, mais là, ça a empiré dans des proportions inimaginables. Il était obsédé par le CRS. Il voulait savoir ce qui lui était arrivé. À la fois parce qu'il se repentait d'avoir fait mal à un autre homme, mais aussi pour savoir ce qu'il risquait. Parce que Tristan n'avait pas plus grande terreur que celle d'aller en prison. Il disait qu'il préférerait se pendre plutôt que d'aller en tôle. Pour tenter de le rassurer, je me suis renseigné discrètement auprès de policiers que je connaissais un peu, mais ce n'étaient pas des CRS, ils n'en savaient rien et je ne voulais pas éveiller les soupçons. J'ai fini par connaître le nom du policier des mois après, par un flic de Rennes qui faisait ce qu'ils appelaient « les renforts de plage », dans les zones touristiques. Il traînait souvent au port car il venait acheter du poisson en direct. Il m'a donné le nom du gars et précisé qu'il était au bord de l'amputation.

« Je n'ai pas voulu le dire à Impeccable pour ne pas l'effrayer mais je l'ai dit à votre père. On a trouvé l'adresse du CRS et votre père s'est discrètement rendu dans son bled plusieurs mois après. C'est là qu'il a vu qu'on lui avait bel et bien coupé la jambe. On a décidé de ne rien dire à Impeccable. Mais votre père a gaffé un jour et Tristan a su. Il ne s'en est jamais remis. Quelque chose s'est cassé en lui, il était fragile, c'est vrai… Après ça, il a enchaîné les arrêts maladie, les dépressions. Même s'il continuait d'aller en mer, il n'était déjà plus marin. Peut-être même qu'il n'était déjà plus vivant. Votre père craignait l'accident. C'est la médecine du travail qui a fini par tirer la sonnette d'alarme une première fois. Votre père et les parents de Tristan l'ont aidé, mais c'était bien trop tard. Il a fini par être déclaré inapte à la navigation et laissé à terre. Comme un mutin qu'on aurait marronné. À partir de là, plus personne n'a rien pu faire. Il est mort un an après.

— C'est dramatique, j'ai dit. Le pauvre Tristan.

— Mais pourquoi notre père envoyait-il de l'argent à Benoît Notre-Dame ? a demandé Clément, c'est bizarre quand même. »

Et Khalid est intervenu :

— Je crois que sur ce point je peux vous éclairer… »

Yvik a rassemblé ses mains en coupe et y a posé le bas de son visage. Je ne sais pas si c'était le fait d'avoir parlé autant ou bien si c'était l'émotion d'avoir repensé à toute cette histoire, mais il avait l'air désorienté tout à coup, comme s'il se réveillait d'une trop longue sieste. Julien lui a demandé si ça allait, s'il voulait un verre d'eau ou un morceau de sucre. Il était au bord du malaise. Il a demandé à prendre l'air, il étouffait dans la maison de ses parents. Nous l'avons aidé à aller dehors en le soutenant. Il s'est assis sur le petit mur. Des bouées au loin dansaient avec la houle.

— Tu peux nous expliquer Khalid, s'il te plaît ? a demandé Clément.

— Oui, je vais le faire. Je suis arrivé à bord d'*Ar c'hwil* à cette période. Nous avons travaillé tous ensemble pendant trois ou quatre mois, le temps que j'apprenne les bases du métier. J'aimais bien Tristan. Il a toujours été d'une grande bienveillance à mon égard. Il a dû arrêter de faire la pêche donc, pour les raisons qui viennent d'être évoquées par Yvik. Mais sa pension d'invalidité était misérable.

« Un matin, il est venu voir votre père au retour de pêche pour lui demander de le dépanner de cinquante francs, en promettant qu'il lui rendrait. Ce n'est pas faire injure à la mémoire de Tristan que de dire qu'il faisait peine à voir. Il était sale, il sentait fort et il tremblait. Il ressemblait à un clochard, vous savez. Il était penaud devant Jean et s'est excusé auprès de lui de venir ainsi faire la manche. Jean lui a dit non. Il a ajouté qu'il n'avait pas à lui demander de lui prêter de l'argent. Car cet argent il le lui donnerait. Il est allé fouiller dans la caisse en métal bleu où il mettait les espèces et il lui a offert mille francs. Il a demandé à Tristan de passer au début de chaque mois afin qu'il lui donne la même chose pour l'aider dans la mesure de ses moyens, pour le maintenir à flot. Il lui a dit que la mer lui avait pris sa jeunesse et escamoté sa vie. Ces petits sous, puisqu'ils avaient été gagnés avec le produit de la pêche, c'était sa manière à la mer de se racheter un peu. J'ai demandé par la suite à Jean si cet argent ne servait pas seulement à Tristan pour acheter de l'alcool. Jean m'a répondu que c'était peut-être le cas mais que ce n'était pas une raison suffisante pour refuser de lui tendre la main.

« Tristan venait ensuite chaque début de mois au débarquement pour récupérer ses billets. Il n'allait pas mieux.

« Une nuit de janvier, alors qu'on s'apprêtait à faire route pour aller à la coquille, on a entendu une voix au loin, sur le quai. C'était Tristan qui nous hurlait dessus et nous demandait de l'attendre. Nous étions interloqués. Tristan est monté sur le bateau, il était dans un état déplorable. Complètement ivre. Il voulait venir pêcher avec nous. Votre père a dit que ce n'était pas possible, pas dans cet état et pas avec les affaires maritimes dans le coin. Tristan n'a rien voulu entendre. Le ton est monté. Il a dit des mauvaises choses à Jean et à moi. Il a reproché à votre père son état, lui a dit qu'il ne voulait pas aller à la manifestation, qu'on l'avait forcé, qu'il n'avait rien demandé.

« C'était une grande tristesse de le voir ainsi. Votre père l'a écouté dignement. À la fin, il lui a demandé pardon.

« Tristan s'est mis à pleurer. Ils se sont pris dans les bras. Il a supplié Jean de l'emmener en mer encore une fois. La toute dernière. Mais Jean a refusé. Il avait peur que Tristan se jette par-dessus bord une fois au large. Il me l'a confié après. Tristan s'est remis à gueuler et à nous insulter. Il a fini par quitter *Ar c'hwil.*

« Votre père l'a suivi, il ne voulait pas laisser Tristan seul sur le port dans cet état. Il l'a forcé à monter en voiture et l'a ramené chez lui. Jean est revenu peu après, nous sommes partis travailler. C'était une belle matinée. Nous avons pêché sans mot dire. Nous avons fait le boulot et nous sommes rentrés.

« Un peu avant notre arrivée, la radio a annoncé qu'il y avait une intervention des pompiers au port. Plus on approchait, plus on sentait monter un mauvais pressentiment. Nous avons débarqué. Le patron du port est venu voir Jean. Il lui a dit que l'on venait de retrouver Tristan la tête dans l'eau. Votre père s'est effondré…

« Nous avons discuté longuement ensemble. Je crois que nous n'avions jamais autant parlé tous les deux. Jean était perdu. C'est lui qui est allé annoncer le drame aux parents de Tristan. Ça a été un moment terrible pour Jean. La culpabilité le rongeait depuis Rennes, ça s'est encore renforcé avec la mort de Tristan.

« Quelques jours après l'enterrement, votre père a voulu aller voir le policier pour lui expliquer les choses et lui présenter des excuses. Mais je lui ai déconseillé de le faire, pour ne pas que le policier porte plainte contre lui ou même contre les parents de Tristan.

« C'est maintenant que je comprends qu'il avait décidé de faire parvenir l'argent qu'il donnait à Tristan au policier. Il ne m'en a jamais rien dit. J'imagine que c'était une façon de se racheter. Une demande d'indulgence. Son *ex-voto* à lui. »

Nous avons pris congé juste après. Nous avons laissé les hortensias dans notre dos et avons retraversé Ouessant. Nos esprits étaient vagues, nos cœurs tendres. Clément est allé chercher *Le Quatre Épines*.

Est venu le temps des au revoir. Yvik nous a dit qu'il espérait que ce qu'il venait de nous révéler ne nous faisait pas trop de peine. Nous lui avons répondu que c'était tout le contraire et que nous retrouvions notre père tel que nous l'avions connu. Nous avions promis de ne pas le juger. Nous avons tenu parole. Il n'avait pas traversé nos vies en étranger. Il ne nous avait pas menti sur ce qu'il avait fait à Benoît Notre-Dame. S'il nous avait caché toute la peine qu'il avait eu pour Tristan, c'était pour nous protéger. C'était son pieux mensonge.

Nous avons embarqué. Au moment d'enclencher le moteur et de quitter la cale, Clément s'est adressé à Yvik :

« Tu ne saurais pas pourquoi papa a appelé son bateau *Ar c'hwil* ? Je ne le lui ai jamais demandé.

— Bien sûr que je le sais. »

Et il nous a dit.

Lundi après-midi

Ça s'est terminé comme ça.

Nous avons choisi de tout révéler à Benoît Notre-Dame. Non pas pour innocenter notre père de quoi que ce soit, mais pour être certains que Benoît ne vivrait plus en février. Il a dit : « Le pauvre gars, lui non plus n'a pas eu de chance. »

Benoît n'est jamais entré en contact avec les parents de Tristan. Il faut croire que nous lui avions suffi. Que notre père, celui qu'il avait appelé « mon naufrageur », et le petit morceau de papier journal sur lequel était écrit pardon, et les billets pliés en quatre, et les livres lui avaient suffi.

Tout à l'heure, le camion du convoi exceptionnel est passé près du lavoir, son souffle a fait danser les herbes hautes. Il s'est arrêté. Une grande grue, bien que plus petite que celle du matin, a saisi les grosses sangles noires. Son bras télescopique s'est allongé et a soulevé *Ar c'hwil* comme de rien. Notre mère entourée de ses trois fils et de ses petits-enfants a fait signe au conducteur d'y aller tout doucement. Elle nous a regardés, elle a dit : « J'ai bien raison, non ? *Ar c'hwil* naviguait doucement. Ce n'est pas le moment de nous l'abîmer. » Le câble est descendu et *Ar c'hwil* s'est posé comme notre mère avait demandé, tout doucement. La proue tournée vers la maison, la poupe à la lisière des bouleaux.

Ar c'hwil n'aurait plus jamais à se contracter sous la froidure de l'eau, sous la salinité de l'écume. Il n'aurait plus à se dandiner un coup à gauche, un coup à droite, le cul poussé par les flots.

Il reposerait dans le jardin, à quarante-cinq minutes de son port d'attache. C'est ce que nous avions décidé quelques mois avant. Nous ne pouvions nous résoudre à envoyer le bateau de notre père à la démolition.

Une fois qu'*Ar c'hwil*, ce coquillier blanc et bleu qui me donnait le sentiment d'être mon grand frère, a été bien calé, nous sommes montés à l'intérieur avec mes frères. Mathilde m'a envoyé Marcel et Louise. Clément a saisi Adèle par les bras. Nous les avons hissés.

Adèle a commencé à marcher à pas menus sur le pont, les bras levés pour trouver l'équilibre et manifester sa joie, Louise l'encourageait : « Viens 'Dèle, viens ! »

J'ai dit à mon fils : « Marcel, touche à rien. » Il est entré dans la timonerie. Il a posé sa main sur la barre et il l'a fait tourner à toute allure. Il s'est amusé comme s'amusent les enfants des Terriens quand ils saisissent les volants des voitures. Il m'a regardé. Il m'a demandé pourquoi j'avais des larmes. J'ai répondu : « C'est parce que je suis heureux, mon chat. »

Alors j'ai pensé à ce jeune homme ébloui par le chêne et l'acier. Sa femme dont il était fou. Ses cheveux toujours pleins de sel et de sable, son joli nez aquilin, ses « y a skiff' », et qui avait choisi de donner le nom d'*Ar c'hwil* à son p'tit canot, car c'était ainsi que l'appelait son père.

À mes parents.

G.N.

Crédits des chansons chantées par Jean

« Kalikoko » (p. 27) : paroles Jean-François Esmelin, Les Boucaniers, *Tempête de joie*.
« Ar-Zenith » (p. 189) : paroles Jean-François Esmelin, Les Boucaniers, *Tempête de joie*.
« Je m'suis embarqué pour les bancs » (p. 191) : paroles Jean-François Esmelin, Les Boucaniers, *Tempête de joie*.
« Les Roses d'Ouessant » (p. 192) : Louis Le Cunff, F. Kerrien, M. Scouarnec.

Composition et mise en pages
Nord Compo à Villeneuve-d’Ascq

Imprimé en Espagne par
Liberdúplex
à Sant Llorenç d'Hortons (Barcelone)
en avril 2022

Pocket – 92 avenue de France – 75013 PARIS

S32083/01